S H U A N G - J I A N G

霜降

Written by Yan Geling

[美] 严歌苓

四川文艺出版社

一

霜降跨进地铁车厢。到最后两班车时，丑姑娘都会被人盯着看了，何况霜降不丑，旁的乡下女孩，头回到北京这样的大都市，一瞅就让人瞅矮了，她不。她一双墨墨黑的眼霎时就反咬住无论从哪方伸过来的目光，逃得再及时，也难免被那眼咬着撵一截。

霜降下了车，嗅到自己身上淡淡的汗臭。她没有买火车票，到北京的一路被检票员撵下车四五回，她换乘了四五趟车，总算一分钱没花在路费上。她穿一条假丝裙子，光线稍微亮一点，就透出里面的彩色内裤。很快她就懂得，裙子贵贱不要紧，衬裙是一定要穿的。男朋友迎出来，怨她不打个电报通知一声火车班次。男朋友是她中学的同班同学，比她大好几岁，后来她升到高年级他却仍留在原来的班。他参军后给霜降来了封老厚的信，说他和班里其他男同学一样，一直是悄然无望地爱着霜降。通了一年多的信，他在最后一封信里夹了二十元钱，邀霜降逛逛北京。许多乡下女孩都在北京给人做女佣，他认为霜降一定能在顶好的人家混上事由，就像他服务的那种深宅大院。霜降打量着他身后高院墙里的小楼，问：“我住哪儿？”

“有空房，”他鬼笑，“老爷子的大儿子一家出了国，叫我常给他们房子开开窗透透气、抹抹灰尘什么的。我呆子啊？给他们使着不挣一个钱。你住进去手脚一定要轻，要出门逛，早上早早就跑。除了老爷子，这院里都是夜里吃、白天睡的人。老爷子看见你不要紧，反正有七八个小保姆都和你差不多年纪，他分不清谁是谁。”

他说的“老爷子”是这院的主人，一个名气很响、有许多英雄传说、逸闻加丑闻的老将军。他是老将军的警卫员。他光着背，却挂着手枪，霜降觉得他看去像旧时打手或家丁。他接过霜降手里的一只竹篓，每上一步楼梯脖子都伸一下再缩一下。霜降笑，说他像个偷瓜贼。

霜降很快被引进一间大房，地是两色镶的拼花地板，所有窗子都坠着紫红的丝绒窗帘，开灯不碍事，楼上有几只脚有板有眼地跺着：什么入时音乐在惹他们发疯？

见男朋友把竹篓搁在门边，霜降提醒他别让篓子倒了。问里头装了啥，她笑，笑里有戏。霜降用手轻轻触那床，仿佛它是脆的或嫩的。然后拿屁股小心着压上去，又惊又兴奋地一缩颈子。之后她横下心似的往上一躺，人浮沉几下。

男朋友靠拢过来，带一种企图和试探的表情，霜降喝住他。紧急当中，她连他名字也忘了，他名字又土又拗口，并且他叫什么名字都无所谓，像霜降这样灵透灵透的姑娘一旦开始了自己的故事，马上就跟他没关系了。

“你还不走？我想睡了，明一大早我要出门！”霜降说。

“明天我好好跟老爷子求，请出半天假来，我领你逛北京！”

“我一人逛，北京城敢不认我？”

“北京人听人讲外地话，还不把你往死里欺负！”

“那我，就讲北京话，”她一变腔，“前门儿到了，有到天安门、大栅栏儿……”仅仅一路地铁乘过来，她把报站广播学了个活脱脱。这时她拉开壁橱门，愣住。她原以为这门后是厕所，男朋友笑起来，坏笑。

“笑什么，我晓得里头不是茅房！”她呛呛道。她知道他等她犯错误，或少见多怪地惊叫，他好为她解释这个那个。比如梳妆台上那个扎着刺的、像仙人掌的玩意儿是女人刷头发的，天花板上的四片船桨叫电风扇。霜降偏偏不问，心想：等我一个人时，我来慢慢研究怎样用每样东西。

男朋友打开另一扇门：“这才是茅房！”

霜降截了他的话："我晓得那是马桶！晓得城里人编乡下姑娘的故事，说她们在马桶里洗脚、洗衣裳！"她心想：学会坐着解手可不是件容易事，就怕手解不出，坐那儿打起瞌睡。

睡到天擦灰，霜降被什么响动惊醒。一看，没闩紧的门被风吹开了，再看，门边那个竹篓倒翻了，里面十来只鳖跑得一只不剩，听人讲鳖在北京卖百十来块一只，霜降没带钱和衣裳来，这篓鳖就是她全部行李。她顾不得穿整齐衣服就顺走廊找去。走廊那头的一间房乌蒙蒙地亮着灯，她发现一群鳖全聚在角落里。有一只探了半个身进那屋，门底缝太窄，它进退不得，正被夹得张牙舞爪。她将其他鳖捉进竹篓，便来处理门缝里最淘的那只，刚一动作，门砰一下开了。慌坏的霜降仰起脸，见门里站了个灰白脸男人，满面孔烦躁，颇年轻的身坯，头却是半秃了。

"呀，对不起……"霜降站起身，想在他盘问前逃掉。她手已被逮住。

"你是谁？"男人问，样子不凶，却很阴，怎么有这种脸色？灰得像水泥。霜降编不出妥当的谎，只有被他捉着。

男人又问："新来的？"

霜降快快点头。听说这院子的小女佣不断被辞旧迎新，一时谁搞得清？男人从头到脚细瞄她，已不再逮紧她手了。霜降一身碎花薄棉纱短裤褂，旧了，也嫌窄，胸脯在里面撑得满满。

“进来。”男人说，根本不问你愿不愿、想不想之类的话，也不说“请”。

“你一个人？”霜降问。

“两个，”等他将她让进屋，他又说，“加上你。”

霜降立刻扭头去看门。门已被掩紧，门下那只鳖在拳打脚踢。她转身踏住鳖伸长的头与颈，抓住它的背与腹，从门缝拔出它。“看！”她歪头一笑，龇了颗虎牙出来。

男人掩饰着惊吓与嫌恶。“才从乡下来？看样子是才进城，还没来得及学坏。十八岁？”他很顺手地捏捏她下巴。轻浮到如此自如的程度，反而让人服帖了。

霜降昨晚听说这院的将军老爷子娶过三房老婆，结发的那位在他跟红军走后便不知流落到哪里去了。第二位生了两个孩子后让将军当时的一位上司看中，被将军拱手相让了。第三位生了七个孩子，其中一个生出来与老头儿的秘书长得一模一样，从此夫人便在这家中大气不出了。霜降断定面前这位是老将军的九个龙种之一。

“你怕？”霜降把甲鱼肚皮朝天搁在地上，“这回看你再动弹！”她对甲鱼说，“青肚皮呢！青肚皮比红肚皮难觅，因为红肚皮的住在水浅的地方，长得也比青肚皮快……”她认真瞪着甲鱼，眼不闪，鼻孔也撑圆了。男人在一步以外的地方再从脚将她看到头，霜降晓得自己生得很俏。即使世上没镜子，男人们的眼神也会告诉她。

他请霜降坐。这屋有地毯，满地是枕头、毛巾、毯子。不久霜降知道，他一闹失眠就这样造反。他懒散地转身往冰箱走，裤子宽大，飘得像他没腿也没屁股。他从冰箱里取出一听 Coke 扔给霜降。

“喝。我叫四星。是我家老爷子升四星上将时生的。”说着，他盘腿坐在地毯上，手指飞快地捻动一副扑克牌，摆起某种牌戏来，但不超过两分钟，他准搅和了它们重摆。

“唉，你跟我说话。”他说。

“我叫霜降……”她看出他一点不老，半秃的头造了个老气横秋的假象。

“接着讲。你没听见？你得跟我聊天！”

“现在几点？”

“管它呢。唉，讲话讲话！”

“我要回去睡觉。”

“就睡这儿，那是床。”

“我要回去。我走啦……”霜降觉出一点儿蹊跷和恐怖。这屋和这男人都不对劲。她轻轻搁下未启的Coke，实际上她根本不知它是什么，一只冰冷的金属筒，只让她感到几分凶险。

“站住。你不能出去。这里是牢，”叫四星的男人说，“你进来了，就跟我一样，别想出去。这屋真的是牢。”

霜降环视一眼，倏地笑起来。这屋有点疯癫迷幻的气氛，但怎么也不可能是牢。她笑得嘹亮，从里到外笑透了。霜降就这点好，不怵生人，不在乎高低文野。她笑时四星停了牌戏盯着她看，既惊讶又羡慕：她笑得多么好啊！霜降笑时想，好日子容易养疯人。这屋虽一团糟，但没不精致、不高档的物件。地毯、壁毯、水晶吊灯就有三种不同的。一屋子摆设足足够装潢十间屋子。若它被称为牢，天下人都会去杀人放火情愿被囚进这种“牢”。

“你笑什么？我神经？喝醉了，满口胡话？狗娘养的骗你！这里真是牢房。”

霜降仍带着逗醉汉或疯人的神情，问：“你不能出去？”

“出去会被五花大绑绑回来。”

“跑快点，跑远些！”

“枪子儿会撵上我。”

霜降咬住下唇，笑憋得她鼓了两腮。四星又开始摆另一局牌，没摆完就一把收拢了它们，他瞅定霜降，浪气地半眯眼。

“知道吗？你是一贴补药，男人看你一眼就是大补。”他搁下手中的牌，站起身。霜降想，他可别由文癫子变成武癫子。

“我困死了，我要回去睡了。”她仍笑，但眼已四下掠了一遍，看看有什么能操到手，一旦他疯得动粗，她好砸他个劈头盖脸。

“我告诉过你，床在那儿。”

霜降发现他已逼得相当近。她一下站起来，拳头捏得实实的。近看，四星的脸清癯，还有几分典雅。那双眼不像所有疯人那样空白，带着魂魄散去后的超然。四星的眼仅盛着深极的寂寞，绝对的疲惫。他半点不疯，霜降断定。但他究竟怎么了？

“你长得……”四星伸手，又想捏她下巴或脸颊，她用力躲掉了那手。

“你长得比较混账。”

“你嘴干净点。”她斥道，并非真恼。霜降并不是个纯真得连打情骂俏都不懂的女子。

“这院子没人嘴干净。妈的，我喜欢你。你的混账小样让我喜欢你了！”他将两手搭在她肩上。它们是懒的，冷的。

霜降有种感觉：只要她一撤身，他就会倒伏下来。似乎他的重量全搁在两手上，她架着他，或被他拄着。

“摸摸我的脸，”他说，霜降照办了，“我他妈的不配喜欢你吗？小乡下妞儿？”他柔情地说出这些流里流气的话。

霜降从未设想过事情会这样开始，也未料到会有四星这样的男人存在着：把他突发的钟情表达成轻贱。一种遥远的却与生俱有的骚动在霜降身心中出现了。下一步该发生什么她似乎并不清楚，但她知道会有下一步。她拿不定主意到时候要不要呼救和踢打。不知怎么，这情形与她听说的强奸或诱奸都不相同：她的肉体似乎正违背她的良知，正趋迎那“下一步”。她不情愿那“下一步”的发生，却也并不觉得十分嫌恶和惧怕它。

瘦长的四星站在那里，看上去那么不结实，要从他手里挣脱出去并不太难。霜降想不出一位闯天下雄关的将军的血，流到这副身躯里已近乎死寂。一位挂帅三军的武士，竟投下一个如此单薄的影子。

霜降往后撤一步，他手坠下来。她拾起四脚朝天的甲鱼：

"你要不放我走，我就……"她猛地将甲鱼向前一送，一脸肌肉都在使劲，越发显出一种孩子气的、不当真的威胁。

这回是四星笑了。以后，他们熟了，霜降知道，直到见到她，他已很久没笑过。四星还告诉她，不知她的哪一点引起了他抽风般的快乐。当然，他解释了好些天才使霜降明白：他一开始说的"坐牢"并非戏言，无论从形式到实质，他都是个服大刑的囚徒。

四星一把抓过甲鱼，眼也不眨地从窗口扔出了它。霜降"哎呀"一声扑向窗口。

"我拿它卖钱的！你得赔……"

"赔，赔你。"四星微咬着牙。他拉住她头发，把她脸拉得仰向他。他个儿高，并不因为半秃和面色恶劣就失去全部潇洒。"我有的是钱，小村姑。"他也不像她想的那样羸弱，很快就将她平搁到床上。

霜降想：她若叫喊，人们可以救她，但之后就会撵走她。她是那样不明不白潜入这座将军宅院，人们很可能会先制裁她。

霜降见那张死灰的脸"呼"地向她压下来，却没有碰她。那冷的、干涩的脸在她耳鬓处拱了几拱，便离开了去。等了一会儿，霜降感到自己仍被完好无损地搁在那儿。一股香烟味飘向她。她睁开眼，发现四星不知何时侧卧在距她一尺的地方，吸着烟。

霜降刚想坐起，他按住她：“安分待着，我不会强奸你。你是怎么来的？怎么闯到我这牢里来了？你不知道我是什么东西吗？全家小保姆都知道我干过多少缺德事。没人理我，老爷子不准任何人理我。”

霜降不得不讲清自己的来历。四星在她叙述时抓着她的手，不时将一截截烟灰弹进她掌心，再将它们捻碎。

“想听听我的事吗？”四星眼珠向上翻一下，像认真追忆什么，“我走私。嗯……受贿，透露国家经济情报。还干过军火贩子。我爸把我送上了法庭，后来又保我出来，指定这屋子做我的小号，懂吗？就是监牢。我已经两年没出过这道门。真的监牢好歹有伴，急了还能越狱。可父亲给的牢，人是逃不出去的。我知道没机关枪对着，没电网围着，可就是没法逃。”

霜降瞅着他，猜度着他几分真话，几分疯话。

“法律只是一个牢，出去了，就不再有牢。我这个牢呢，出去了还有法律的牢。实际上我是被关在双重牢里。在真正的牢里一定可以睡着觉。去干苦力多好，去出臭汗，去捧着大碗喝糙米粥，去听别人打鼾，去让人成群结队赶着，跟牲口一样，今天被赶到这儿、明天被赶到那儿，你可以忘掉自己是个人，去找一种牲口式的快活。在这个牢里，你看见了吧，没一样东西变动，什么都不是新的、活的。我哪儿还是个人，我还没死就成了块臭肉、孤鬼……”霜降听他絮叨，不完全懂。尤其不懂他怎么拿应有尽有、富丽堂皇的屋去比真的监牢。霜降抽身，四星没捺住。他吼起来：“你敢走！”吼时，眼很绝望的样子。

“谁说我要走啦？”霜降说，“你说这屋跟死了一样不会变，你自己不会变变它？你又不是死的！”她快手快脚地把散乱满地的印有电影女明星大脸的画报折叠好，放进搁满酒瓶的书架，又把几十只酒瓶扔进一个塑料筐。她想着干着，把一些家具和小摆设也挪换了位置。四星在厕所摆了几把牌，出来说：“是跟换了个地方似的。不过还是个牢。”

“谁让你作孽作多了？”霜降一手挽住长发，嘴里叼着发卡，露出粉茸茸一张脸。

四星翘着一只嘴角打量她。“你过来，小乡下妞。”霜降牙齿衔着发卡摇摇头。“我们来做个协议好不好？”

“不好，”霜降别上发卡说，又问，“不过，什么叫协议？”

“你不要走了。我给你钱。在这里陪我……”

“陪你坐牢？”

“你给我住口。”四星盘腿坐下，并打手势让屋那端的霜降也原地坐下，“我不对你干什么，我就是想有个伴儿。没人知道你在这里，我给你钱，你伺候好了我，我会多给你。不错吧，小村姑？我怪喜欢你的。你看，你那双混账眼睛敢这么看我。去问问看，哪个小丫头敢对四星这么瞅？找死啊！四星指哪儿打哪儿，我有的是钱。两年前判我时给过我选择，要么坐二十年牢，要么把钱都吐出来。我选了坐牢。我们老爷子很快就把我的二十年刑减掉了十年。哎，你喜欢钱吗？”

“喜欢。”霜降答。

“喜欢我吗？”

“不喜欢。”说完，她笑了。

“每个跟我凑近乎的女人都说一样的话：不喜欢钱，喜欢我。真让我想吐。我这人没钱是粪土一堆，我比谁不清楚？连我都是爱我的钱超过爱我自己，不然怎么会为保住钱让自己坐牢呢？好，好，好。现在我和你有了个绝对好的基础——百分之百的诚实。我这人坏，但是诚实地坏，我让所有人都对我做好充分防御。”他边说边拿一只电动剃须刀在脸上磨，五官不断变位置。

霜降打了个长哈欠。天已大亮，麻将声、音乐声沉杳了。

霜降正要开门，四星停了手里刺啦响的剃须刀。

“你现在不能出去了。听——”

楼下传来一声回肠荡气的大骂：“祖宗的！都是疯狗——车撞掉老子那么多樱桃！”

霜降从窗帘缝隙往下看，见一位身段极直、黑眉白发的老头儿站在院子当中。他穿一条军裤，上面是一件士兵的黄衬衫。军制服被他环系在腰上，像刚结束一场拳术练习。他倒不是人们印象中那种臃肿痴肥的老军人。

“只要他一骂娘，人人都知道天亮了，他是我们家的报晓鸡。”四星说。

二

花了十天，霜降才卖掉了全部甲鱼。没降一分钱的价。霜降那不依不饶的劲头让买家几乎发了怒，最后又全向她妥协。在买主被激坏脾气时她会倏然一笑，随之，他们就舒舒服服吃了这个亏。

霜降有生以来头次有这么多钱。男朋友提出下趟高级馆子。

“你做梦。”她说。

她想买些衣裳，却一点想法也没有。突然见一幅电影广告上的女演员上着黑衬衫、下着牛仔裤，便照样买了黑衬衫和牛仔裤，头发也仿照着直直披散下来。到银行存钱时，被问道：“工作单位？”她便明白，她已被误认为北京城的姑娘了。

这天晚上，霜降被带去见程司令员——其实他已不在职，他统率的那支部队被裁军百万时裁掉一小半，现任的司令员军阶和资历都是他儿子辈儿。但谁也不敢改口，仍对他一口一个"司令员"地叫。程家院里一个小保姆因为饭量太大，得不到满足，便去公共大食堂偷偷帮工，挣双份工资和双份口粮，最终她的不忠实被其他小保姆骂架时骂了出来。所以霜降便有了空缺可填。

程司令在见霜降的刹那猛欠起身，表情和姿势都静止了足足两秒才落回座位。老头儿有张神气蛮横的脸，还残存点英武。他脖子紫红，但并未进入老年期那种松弛。霜降想，四星若与这位父亲来蛮的，他一定败给老的。突兀地，程司令发起怒来。

"我这个院子是在开戏班子？啊？……"他头扭向左右，但周围没人。霜降傻了，不知老头儿在跟谁翻脸。这时，孙管理员立刻从门外闪进来，轻捷得像条影子。孙管理是负责首长们的家政勤务，如安插保姆、护士、秘书、警卫之类。

"程司令，是这么回事……"他笑时不知何故要露下舌头。

"我家不是戏班子！"老头儿打断他，"你不用尽挑些脸蛋子往这里送！你不看看我这个家——还不够乱吗？我那几个杂种儿子，见了女人谁肯省事……"

"首长，是这么回事，您先别埋怨我……"孙管理一口中肯纯正的北京话。他不断变换两腿的立足点，霜降明白那是因为他的腿长短各异，人当面背地都叫他孙拐子。“昨早晨您的警卫员小赵打电话说孩儿妈要见我，说急缺一个小保姆……”

“孩儿妈插手这事啦？”

程家院的人都知道，司令员夫人除了被称呼“孩儿妈”没其他任何尊称。连她大号都没几个人知道。

“其实孩儿妈也是替……”孙管理再次换立足点。

“往下说。到底谁的主意，引来这么个小女子！”程司令瞥了霜降一眼。霜降木着脸，站得笔直，对于他们的争执她似乎绝对无辜。

“直说吧，这是你家四星的主意，四星求了孩儿妈，孩儿妈找了小赵……”

“喂，孙拐子，谁是四星？”程司令突然以又低又冷的声调问。

“程司令，您……”孙管理笑着苦起脸。

“我不晓得哪个叫四星。我不认得他。”

“反正，少一个小保姆总得有顶缺的，您要不满意，叫她走人不就了事啦？”孙管理仍慢吞吞说着，似乎奴才惯了，也被呵斥舒服了，“我忘了说，小赵与这姑娘同过学，他担保她的品行。”

程司令不再说话。过一会儿，他朝两人挥挥手，眼也不抬。三天后，小赵被调回了连队，换了一位矮得罕见的警卫员来。霜降上了任，任务是照顾程家众多孙儿、孙女中的四个，两个是程司令出国的大儿子夫妇留下的，另外两个，照程司令的话说是“没爹没妈”。

小赵离职时，想跟霜降个别留个后话，却各处寻不见她。霜降领着四个孩子在院后小山坡上采柏树叶儿。那是程司令的吩咐，说柏树叶儿是治孩儿妈心脏病的一味药。

第二天，霜降在垃圾桶里看到成堆的柏树叶儿，还绿着，仅隔了一夜。有人吩咐她去采，又有人把采来的全扔掉。这个家怎么啦？

饭厅里有四张一模一样的餐桌。早饭时是程司令和孩儿妈背对背坐着，各占一桌，各吃各的一套，偶尔两人也面对面落座，但隔得颇远，并且程司令必定吼着让谁把报纸送到他饭桌上，然后报纸便一张张竖在两人之间。霜降几乎没听过孩儿妈的声音，孩儿妈常在天半暗时出现在花台边。她躺在藤躺椅上，手里一把竹扇拂得无所用心，连额前几丝碎发也未见丝毫起伏。有次霜降领四个孩子绕花台游戏，见孩儿妈的扇子落在地上，她手空着，却仍然一下一下地拂着。霜降拾起竹扇递给她。她蓦然收回放得极远的目光。霜降觉得她会讲什么，至少：谢谢，你新来的？但她什么也没讲。她那样静，不仅口里没话，似乎心里也没话。当手触到她手时，霜降感到了她凉得透心的体温，仿佛触着了一段多年前就冷却的生命。另一次，霜降与院里七八个小保姆聚在花台另一端，她们各自带了自己负责的孩子们，讨论着时装、发式，以及城里人的种种恶劣行径。霜降听到花台那端细微的骚动。她独自跑过去，见孩儿妈的竹扇盖住了脸，整个人在竹扇下抖颤着。一会儿，竹扇殷红一片，一滴滴血顺着扇柄滴下来。霜降揭开扇子，孩儿妈在下面正异常清醒地瞪着她，目光里含满被打扰的恼怒。

霜降没有惊呼，事后她纳闷自己怎么会那样耐得住恐怖。她只掏出自己的手帕，捺在血泊上，同时将孩儿妈托起，形成脚高头低的姿势。几分钟后，骇人的鼻腔出血止住了。院里有这么个闲话：自从孩儿妈生下一个儿子活脱脱像程司令的秘书，便落下这个鼻腔出血的毛病。严重时，程司令会叫来一帮急救护士。问起病史，程司令便爽爽快快说："我揍的，二十多年前揍的。"

午饭时，待孩子们一开完饭，一准会有个瘦长身材、脸像只漂亮狐狸的女人闯进饭厅。只听说她是程司令的儿媳。

她与小女儿东旗一见就犯冲。东旗在大学念书，但很少去学校，一般午饭时间她开自己的早饭。“哟！”东旗趿着鞋披着睡衣出现了。“喝！”

儿媳并不被她的一“哟”一“喝”扫去半点吃兴。

“当真得吃回本钱呀？”东旗坐下，双手捧着腮认真看她吃。

“当然要吃回本钱来呀！”儿媳奋力舀汤，从汤里挑出嫩些的笋或瘦些的肉。

“程家的伙食账可没算上你的。”东旗说。

“放心，算上我，我也不交钱。”儿媳说。

“要么说你吃了不长肉，净长皮儿。这是吃白食的害处。”

“白食？有你一个镚子儿啊？我吃我丈夫的一份。”

“请问您丈夫贵姓？不姓程吧？您不是两年前就又哭又闹地要和程家儿子离婚吗？”

“是啊，老爷子不准离，他就得开我的饭。”她成心响亮地以筷子尖杵碗底。

“慢点，别呛着。老爷子不是你叫的，懂不懂？你在外面招摇撞骗，打老爷子的牌子住宾馆、吃饭店，老爷子是不知道，要知道了，你当年怎么揣着小镇户口本儿来的，还怎么揣着它回去。老爷子这辈子干得顶漂亮的就是镇压，过去镇压国民党，现在镇压他这个家。你亲眼看见他怎么镇压了老婆、孩子。你，对老爷子，可是太小菜儿一碟了。”

“试试看，程家别把我惹急了……”

东旗打断她：“别动不动就威胁要揭程家老底。你知道的那点老底不值大钱，上面知道得比你详细，怎么着老爷子了吗？”她把僵冷的油条揪成一小截一小截扔进豆浆，看一眼霜降，吃两口，觉出什么异样，再次打量起霜降来。

霜降已收拾完孩子们吃后的狼藉，听两人拌嘴十分别扭，走留都不是，便上前想为东旗做点什么。

东旗笑眯眯的，一只嘴角翘得老高：“你真漂亮！”她对霜降说。她这副神情简直跟四星一模一样，她的赞美丝毫不增添你的优越感，反而让你感到几分轻侮。霜降觉得自己是个玩意儿或对象，只好由谁来评说褒贬。她突然看着东旗，说：“你才真漂亮！”

“嗬，逗死了！”东旗咯咯笑起来，“她还会还嘴！”她对程家儿媳说，“你听见没有？”

“怎么没听见，唬我一跳。”儿媳答道，把碗一推，用一把檀香扇朝鼻尖飞快地扇。

霜降正要收东旗的碗，东旗手一挡：“这院的保姆分工很清楚，你不必管我的事。等她吃够，”她指指儿媳，“你去把她啃的骨头收拾掉。按说你该为她服务。”

“不用不用，”儿媳笑得客客气气，“才来这后院没多久吧？对了，我有裙子衣服穿不得了，哪天拿来你试试。”儿媳对东旗说，“这小丫头倒穿得不俗。”

东旗对霜降说：“她的东西可不是白拿的。拿点儿破烂儿贿赂你，回头你得让她使唤死。”

儿媳道：“你爱信就信她的吧。”

霜降只微笑，一时判不出她俩谁比谁好。待她收拾碗筷时，听东旗问儿媳：“你要不要冰箱，我卖你一个。我刚托孙拐子买了个新的，原先那个也不旧。听说你的冰箱坏了？”

“多少钱？”

“你先看看再说吧。”

“我手里没现钱，除了你把我那套落地音响买过去。”

“你别占便宜没够吃亏难受。我知道好东西全在我哥哥手里，剩给你的都是垃圾。你想把那套破组合音响给我就不付现金？”

“我说了不付现金吗？我说我迟付几月……”

“逗什么呀，等你一拿到离婚判决书，我上哪儿逮你去？还不就让你彻底赖掉啦？”

“找你哥要钱去啊！”

“我哥那点钱是拿十年徒刑换来的，他可不会帮你填坑。”

“那你找老爷子要去。唉，对了，你那冰箱噪声大不大？”

“基本没声音。你动我爸什么脑筋？你当你还跟前些年那么得我爸爸宠呢？”

“哪儿敢啊？”儿媳站起来，“我还得回去上班，冰箱的事再说吧。”

“我可没促着你买，知道你那几个缺德钱不那么容易搞到手。”

“谁能和你们程家的缺德劲儿比啊！”

“怎么就有那种爱到缺德人家吃白食儿的主儿呢！”东旗也站起身，跟着儿媳走到门口，“明天见。”两人同时说。另一个小保姆提着拖把站在门边，东旗对她笑道：“要听就大大方方进来听，在门外支着耳朵，累不累？”飘飘摇摇走几步，她回头对那小保姆说，“你可别喝我剩的牛奶，我得过肝炎。真的。”

小保姆哼着流行歌拖地板，霜降发现她一点恼意也没有。她告诉霜降，东旗学问好，会讲澳洲话、英国话、美国话。十年前，东旗在大学跟一个美国留学生相好了，程司令马上打电话叫学校停她的学籍，派人把她带回了北京。程司令问：

“那个小美国佬什么出身？”东旗答：“五代贫雇农，父亲是美国的老革命，在美国领导穷人打土豪、分田地，参加了美国的‘二万五千里长征’。”之后她笑，“这下您还有什么不满意的，您不是要到全世界去实现共产主义吗？”程司令最后下令吊销东旗偷偷办好的护照。东旗举着瓶安眠药，对父亲说：“要么我死，要么你成全我。”程司令说：“你吞了它们吧，你死了我也不必添个杂种孙子了。”东旗后来嫁的是程司令过去一位下级的儿子。刚结婚，全家都巴结东旗；几年后，东旗公公升得飞快，噌噌噌，成了程司令上级。而程司令大大减了权势威风。有回东旗跑回来，跟父亲喊：“居然让我去买酱油！厨子休假，凭什么该我去买酱油？！”那以后东旗常常回家来住，终有一天住着不走了。她对外的理由是：婚姻妨碍她求学。

三

霜降觉得自己有点奇怪：小赵走后，她没去想过他，心里却常跑出那个人鬼参半的四星的影子。端起饭碗，她会突然想：不知他每天吃什么。有时清晨起来上厕所，她见他窗里有灯，便知道他又失眠了通宵。想到四星那灰白面孔、半秃的头，一讲话就会神经质地伸张的瘦长脚丫时并不觉得十分嫌恶。当她经过他窗下，看到他站在窗前，无一点活力生机地呆望窗外时，她会朝他笑笑，并以极小的手势向他挥挥。他马上会因这微小的交流活起来，手舞足蹈地跟她比画，叫她上去。她拒绝，赶紧走开去。程司令有口旨：任何人不经允许不准与四星见面。

有次，四星扔下一只刻花玻璃杯，砸在霜降面前，碎了。一个纸团滚出来，她装没看见。四星假咳嗽起来，她也装没听见。紧接着，又一只玻璃杯碎在她脚边。

“你要死……”霜降刚张口，四星突然掩上窗帘。看看四周，并没有第三个人，霜降打开纸团，上面是四星花哨哨的字迹：请再帮我翻新一次牢房。她抬头，他窗帘合得严严的。三五分钟光景，程司令的黑色奔驰唰一声开进院子。霜降从此明白：四星能够从半里路开外识察他父亲的逼近。

程司令下了车，四处张望一下，似乎十分意外地发现了霜降。

“你过来一下，”老将军招呼她。霜降小跑过去，同时感到自己的脊梁正牵着四星一双眼睛，“好样的，像个小女兵！怎么没见过你，新来的？”老将军按上她的肩，捺捺她的头，霜降弄不清他是记性坏还是眼力差。她回头，见合住的窗帘开了条缝。“还习惯吧？”

霜降点点头。点得用力，使她脑袋逐渐脱离老头儿手掌的控制。

“那些小女子初来都说不习惯北京！”程司令说着，喉咙有些轻微漏气，刺刺响。司机打开车后盖，里面装了几摞宣纸。“小女子，帮个手！”霜降与司机分别捧起那些纸，跟在老将军后面。他步子看上去极健，实际并不快，两个负重的人只得压下速度，活受罪地磨蹭。“看看你们这两个小年轻，路都走不快，还不如我这老汉！”

“那自然，”司机马上接茬儿，“您是全国老人网球赛冠军嘛！要跑起来，您更得甩我们两条马路！”司机边说边跟霜降扮鬼脸，并示意她也说点什么捧场话。霜降笑，加快点速度。司机耳语喝住她：“别走快！你要想超过他，那你是想找倒霉了！”

“吃胖点，小女子，啊！”老头儿说着，并未回头。

“啊！”霜降应道。

“太瘦不好。现在的人都喜欢瘦，是不是？”老头儿站下，以便能畅快地喘口气。转身，哈哈笑道，“看看这两个年轻人，真是走不过我老头子呢，是不是？”

“是，程司令。”这回霜降应道。

等老头儿转身，司机又嘀咕：“叫首长，别叫司令。一个小小军分区司令也能叫司令？”

进了书房，司机说起程司令的书法怎样怎样有名，全国多少多少大门面是他题的款。

“小女子，我像你这样大的时候，还不识一个大字——我家祖祖辈辈，没一个识字人，你信不信？”

霜降马上说：“信，首长。”

“好热。你们谁去拿点茶来喝喝？”程司令说。司机忙说他去。霜降浏览四壁的书、画、字，程司令“吱呀”一声坐进了一张藤沙发。这套藤沙发是霜降眼看着搬进来的，原先那套丝绒的在春、秋、冬三季用。书房中央铺一块普蓝、银色图案的地毯，看去虽像民间家织印染花布，却又那样华贵。霜降脑子想痛了，也没想出一句话来恭维老将军的书法。因此她不敢转身，一旦转身，她就非说点什么不可。老头儿正等着呢。其实她看不出他的书法有什么好。她想，若她是个什么司令，手里有枪有炮有权，即便不会写字也会被人请了去题款。她家乡有句话：田出稻还是稻出田。霜降还在想离开这里的借口：去幼儿园接孩子？时间太早。回去扫院子？院子在早晨被扫净了。

“怎么样啊，小女子，看来你对书法蛮感兴趣……”老头儿说。等不住了。

霜降正打算硬着头皮凑趣两句，侧边卫生间的门开了，一个穿短裤、赤上身的青年出现了。

“爸，您怎么在这儿会客？”

他发现霜降，又快又马虎地哈一下腰：“对不起，不知是女宾。瞧我放肆的。”他拍拍自己赤裸的胸脯，“程大江，程家老九。”

霜降起先只看到他健壮匀称的身板，抬头，发现他竟十分俊气，俊得她唬一跳似的喉咙猛一干。

“歌舞团跳舞的，不然就是淮海电视剧组的。对吧，爸？”

淮海是这家的老五，在这个或那个电视剧摄制组里当制片。院里一出现花枝招展的女郎，人们就嘀咕：“又是来找淮海的。”

“你上这儿干吗来了？”老将军问。

“是找淮海的吧？”他又转向霜降，“瞅你就眼熟，准在什么挺恶心的电视剧里见过你。”

程司令拍拍藤椅扶手：“问你，上我这儿干什么来了？”

“上厕所。”

“什么？混账东西，这么大院子就我这一个厕所你看得中？”

“您真没说错，全北京可能只有您这个厕所带空调。像我这号人，平常不读书，只靠上厕所那会儿长长知识，没空调的厕所可太残酷了。”他又转向霜降，“别生气，我说了电视剧的坏话。凭良心，你觉得那些玩意儿是不是挺恶心？一个女人前头跑，一个男人后头追，一条围巾飘啊飘，再来个慢镜头——怎么有这么多这么屎的导演？……”

霜降想，七八个小保姆聚在一块看电视时，最看不够的就是那些跑啊追啊。

“我从来没演过……”她解释。

“千万别演……”他做了个作揖状。

"你给我出去。"程司令压低声吼道。

"爸，我又不是在胡扯……"

"出去。给我马上出去！"

他虽然仍将脸朝着霜降喋喋不休，但两腿已飞快向门口撤退。到了门外，他停住了："爸，有件重要事我晚上跟你说。"

"现在就说！"老头儿一抬下巴。

院里人都摸准了老头儿的脾气：若有件事立刻想让他知道，就卖关子，现在不能说，迟些再说；若有事想瞒他一阵，就催促，有件急事得马上告诉您。

"现在不能说。是关于钱……"他看一眼霜降。霜降抽身要走，他狠狠使了个眼色，轻轻做了个手势，叫她留下。后来听说，这家儿女总在父亲有女客人来访时跟他借钱或讨钱。

"爸，六嫂叫我还钱，我现在哪儿来的钱还？"

"没钱还你当时倒敢借？杂种！"

"这怨你了，爸。你非逼我进这倒霉的军院。三年下来，人穷得直叮当。我一说做生意，您就要枪毙我，我当然没钱还账！"

"闭嘴，小畜生。一共欠多少钱？"

"3580元。要还的话，我有零没整。"

“3500元！”老将军挥挥手，“你给我滚，我没那么多钱给你擦屁股。你给我有多远滚多远！”

“嗨，爸，你说六嫂那个著名大破鞋凭什么管我要账？”

“你滚不滚？”

“她口口声声说六哥要钱用。六哥蹲小号里用什么钱？明明她趁火打劫，想在离婚前把自己揣成个钱柜子！”他再次给霜降暗暗打手势，“爸，您让不让我跟六哥谈谈，让他知道知道他老婆在外面有多丑恶卑劣！”

程司令忽然沉默下来。

“爸，您听见我说什么了吧？说六哥，四星。刚回来那天我去看他，他整个变了样……”

“谁准许你去的？”

“他是我哥呀，就是真监狱我也有权见他！就是真犯人，他也有权出来放放风什么的！连家人都不准见，也太不人道了。这样住不到十年，他准死！您还不如现在就枪毙他得了……”

程司令站起身，眼变得十分凌厉。他走向那张有十只抽屉的巨型写字台。霜降见程大江的神色渐渐紧张起来，两眼机警地跟踪着父亲的一举一动。他中等个头，方方肩膀，全身上下布满见棱角的肌肉。他甚至连鞋都没穿，一双脚的肤色与全身差异颇大。当他发现霜降那样用心打量他，他翘起一边嘴角笑了。似乎任何女性对于他的好感都在他预料中，似乎他为所有不例外的由他而生发的爱慕感到乏味，抑或由于太习惯这种优势而变得疲惫。唯有这一种笑，能使人看到这家兄弟的同一血缘，虽同一种笑，却各有意味。四星笑出了玩世不恭；东旗的笑显示了她的超拔，不留意人间烟火，还像是她怀着满腔高人一等的怜悯与宽容。而大江，当他同样翘起一边嘴角笑时，你只会感到他被宠累了。他对不出所料的宠爱所生发的逆反情绪，以及一个始终被宠爱包围的人想冲杀出去，却无法冲杀出去的绝望。对了，霜降一下找准了那感觉，大江的笑，就是一种绝望。刚进程家，霜降就常听小保姆们议论大江。大江是一群小女佣的童话。一个高等军事学院的有少校军衔的博士生；一个名将之后，最要紧的是他还是单身，似乎也没有正儿八经、稍长久的女朋友。

霜降脸顿时作烧，被心里一点痴心妄想唬的。

父亲不发一言，猛地拉开一只抽屉，寻找什么。大江愈发紧张，身体重心完全移到一条腿上。那姿势给人的感觉是，只要一触他，他就会弹射出去。后来霜降知道，大江是唯一敢激怒父亲，也是唯一能从父亲盛怒下逃脱的人。他还有个本事是，无论父亲与他反目多少次，他依然能在父亲心目中维持最得宠的地位。

“对了，你还没告诉我你名字。”他对霜降道，同时仍全力警戒父亲。

“霜降。”

“双将？好家伙，我们家一个将就够我们受了！”他似恭维似挑衅，朝父亲咧咧嘴。

“霜降是个节气。”她答。脸上的红仍褪不掉。她知道自己收缩下颌，让眼睛从下方朝上瞅是很好看的。她此时就那样瞅他。

父亲沉默得像铁，手捺在什么东西上。

“你还不滚？”老头儿声音竟十分地柔。

“那钱呢？爸，您要不给钱，六嫂再来，我就叫门口警卫押她出去！”

一声金属撞击，霜降惊得喝一口风。程司令嘴抿得不见了嘴唇：一把手枪被他拍在桌面上。再回头，大江早没了影。

“你也走，”程司令低声对霜降道，“快走！”

霜降小跑着离开那间书房。

楼梯口，大江坐在楼梯扶栏上，见了霜降他顺坡溜下去。

“嗨，我知道你也会马上被轰出来。你当他不敢开枪？他年轻时，好些人险些被他毙掉。要不是我腿快、反应快，他早毙过我一百回了！”

“那是真枪？”霜降问。

“你当那是玩具？老爷子要是玩原子弹，那也准是真原子弹！”他笑了。他这样笑口是方的，一嘴牙撑得唇很饱满。

关于老将军的过去，有许多不分褒贬的传奇。将军二十岁已做了营长，出了名的“敢死”。有回他腿中弹，引起坏疽，当时最简单的办法是截肢。他已高烧得昏迷，却在军医向他下锯子时拔出枪，嚷嚷谁敢断他腿他就断谁的命。大军进城后，他便装徒步，检查军风军纪。见一位中级军官坐了辆人力车，很适宜悠然的样子。军规禁止军人着军服乘人力车，将军大喝，让他滚下来。军官见他不过糟老头儿一个，连腔都懒得答。将军那回真开了火。至于他何故枪击他器重的那个大学生秘书，是因为他发现自己妻子生出活脱脱的小秘书来。当那位秘书被辞退调任时，走进程司令书房，准备交出全部保险柜钥匙。紧张和愧疚使他忘记了将军的规诫：无论谁从背后接近他都必须在五尺开外立定，同时嘹亮地喊出一声：“报告！”若否，将军便有理由朝身后开枪，当刺客处置。因此秘书挨了颗枪子。被打断肋骨，引起脾脏出血的秘书替将军证明，那只是一次普通的走火事件。

大江从楼梯扶栏上跳下来，问霜降：“老爷子是不是在教你书法？他有好几个女弟子……”

霜降说她哪有工夫学书法，她不过偶然在“首长”房里待了那一小会儿。大江嘻哈着说：“你羞啦？这有什么关系？哪个老头子不喜欢漂亮小姑娘？我老了，才不教小姑娘书法，教游泳！”他笑得无耻，所以人看出他心里并没有无耻。

霜降惦记着到幼儿园接孩子，快快离开了。大江却在身后叫：“唉，别走，聊会儿啊！我讲话放肆惯了，你别在意！”

霜降笑笑，太阳刺得她眼眯起来。

“交个朋友！”他伸手，她不懂他意思。

“握手都不愿？”她这才将自己的手迎上去。手心碰手心时，她感到他的微妙的揉搓，那揉搓中微妙的表达。

“想不想跳舞？”大江问，“星期六晚上，有空吗？”

“我不会跳。”

“教你啊！”

“我笨死了。”

“教你这样的漂亮姑娘，我耐心死了。”大江说。霜降仍那样微低头，让目光从一个人为的深度闪出，闪出人为的曲折。她知道自己这副样子之所以动人，是因为那怯生生的挑逗。

“星期六。穿漂亮点。在北京饭店。你住哪儿？我可以骑摩托车带你去……哦，不行，差点忘了，星期六白天我得去参加一个外国军事代表团的访问活动。你自己直接到北京饭店。我在门口接你。定了？”

霜降巧笑：“没定。”

“记住：8 点整。我顶头疼女人迟到。”

晚饭前，程司令领着全体孙儿、孙女游泳，小保姆们当然也得陪着下水。东旗绷着脸不停地游，忽然对小保姆们吼：“谁笑得那么浪？犯贱！”

程司令在水里最多待半小时。他一上岸，晒得汗淋淋的警卫员马上举着毛巾、浴衣等在阶梯口。待将军穿好浴衣，他跑步到厨房吩咐摆晚饭。

晚饭总是十分丰盛，一般是一个荤、两个半荤和一个素，还有个精细的汤。除此之外，每个儿女都有自己一个风味菜，这便是各家小保姆的职责。这盘风味菜是绝对专属的、私有的，绝对不兴分享。甚至老将军也尊重这私有权，从不去碰那些盘子，同时也没有哪个儿女主动邀请父亲。没人认为这局面滑稽或尴尬。东旗离了婚从婆家搬回后，偶尔也参加晚餐，常常是一顿饭她要换三张桌子，筷子到处侵略。老将军有时会吼："什么作风，东旗？多吃多占！"东旗回嘴："我给钱呗！诸位报个价怎么样？哎哟，这菜是人吃的吗？吃一口我得后悔大半辈子！"正因为各家一盘风味菜，小保姆们被迫阅读种类繁多的烹饪书籍。有些刚从农村来时几乎目不识丁，为读懂菜谱，她们装备了全套学习用具：纸、笔、字典。做晚饭的情景十分有趣，七个小保姆站在大厨房里各忙各的。厨房在院子另一端，与用人、警卫、司机的住房连成一排。烹饪时若急需任何原材料，哪怕一根葱、半颗蒜，她们都必须小跑着穿过整个院子，到客厅的冰箱去取。霜降刚进这院就发现贮食品的所有冰箱没被搁在厨房，而全被搁在大客厅里，因为客厅的电费是由国家负担。客厅里七八个冰箱同时工作着，轰鸣声不亚于一个机械车间。因此无人在客厅会客，除了老将军有个初学提琴的孙女在里面练琴。只有在那里面练，那椎心刺骨的噪声才能彻底被抵消而不至于折磨院里人的神经。幸运的是，这院里没人懂音乐，因此没人在意她在那种地方练琴练得完全走了调。

晚餐若人员到齐，那个摆四张餐桌的餐室会被挤得水泄不通。孩儿妈背了个外号叫"航空母亲"，院外人把是不是她生养的都算在了她头上。来晚的若挤不上桌，便会大发牢骚，抱怨到老将军"啪"的一声拍案或吼出一句粗野不堪入耳的话才太平。霜降弄不清这些儿女除了惧怕父亲是否还对他有其他情感，比如尊重、爱戴等。有回，老将军刚离开饭厅，某个儿子便说起老爷子最近脾气见大，是不是血压高上去了。某个女儿接上话说：“但愿他老人家硬硬朗朗的，永远健康着，不然咱们就得自己去找房子，没准得去上那种冬天冻屁股的公共厕所。”又有人补充：“也没地方吃免费好伙食了，捞不着坐大奔驰了。”

晚上 10 点，这院子准时熄灯。老将军总在熄灯后亲自巡视，若有一线光明残存，他就骂。

熄灯半小时后，院里会再次出现灯光。老将军的睡眠准得像钟表，并且只要他睡着，很难有东西弄醒他。当年他妻子或许正是在他睡着时发生了与那位年轻秘书的长长一段情爱故事；在他狮吼虎啸的鼾声庇护下，他们开始了眉目传情、山盟海誓，萌发了私奔和情杀的念头，希望过，绝望过，直到十月怀胎完成了那个非程姓的孩子的整个孕育过程。

老将军睡去后，这院子人的真正生活才开始。他们在这时间约客人来聚会，在这时间观赏各处搜集来的录像带，在这时间痛痛快快聊些下流笑话同时开麻将局。他们甚至自己下厨房弄吃的，或自己开了车穿过整个城到东单夜宵店买吃的。到了夜间 11 点，人人似乎都有了一副全异全新的面貌，不再像白天那样易怒、慵懒，相互间难以容忍。一种怪诞的活力在城市渐渐归于寂籁时滋生于这个院子。霜降几乎不敢相信他们与白天时是同一副躯壳灵魂。

对于这一切，霜降原先也像其他小保姆一样了解得较含糊。孩子们在 9 点就会被捺到床上，紧随着，劳累一天的小保姆们都迫不及待地上床，如听了操令一样瞬间便睡沉。那夜有个孩子发疹，夜里哭死哭活，霜降被吵得睡不着，便上楼去讨吩咐。门被敲开后，她惊异地发现白天生死冤家一样的老五淮海与老七川南坐在一张麻将桌上，一来一往地谈笑。当川南摸不出烟时，淮海便很豪气地扔过自己的镀金烟盒。周围还有些闹作一团的陌生男女，个个艳丽夺目，香喷喷。谁说一句白天听上去挺无聊乏味的话，这时都变得无比精彩，都会引来热烈捧场。若认为这座大院落森严得无人敢造次，那可纯粹是误会。白天那个宁静、井然，在一种威慑下怯生生的家宅与深夜的充满莫名其妙欢乐的据点判若两地。霜降弄不清哪个是真实的。

霜降听其他小保姆说淮海顶难缠。只要单独在哪个角落里碰上他，他准是口口声声追着说："亲一口，亲一口。"有次，一个胖丫头躲不过就让他亲了。他正把手往胖丫头衬衫里伸，东旗恰好撞见。东旗给了胖丫头一个耳光，骂她哥哥

“种猪”。胖丫头委屈坏了，立刻辞了职。

老七川南排行在东旗之上。据说是程将军多喝了酒的一夜播种了她。与她那些不学无术、极端聪明的所有兄弟姐妹相比，她显然逊色一截。她在某个大机关当人事干部，把负责任和管闲事混淆得浑然一体，因此从开始工作她就收到匿名信和恐吓信。她有过许多男朋友，但没有一个能忍耐到与她结婚。有个别相处得马马虎虎，但总有离间者挑得他们散伙。川南与淮海的仇是结在淮海结婚的时候。那之前他俩好得形影不离。小时候，川南对人说，淮海在她身上摸过，摸得又痒又痛又舒服。到了十几岁，川南还常讲蠢话要嫁给淮海。社会上有传说：程家老五与老七有着比兄妹复杂许多的关系。淮海结婚第二天，川南旁若无人地走进新房，对新娘子摆摆下巴道：“你出去一下，我要跟淮海讲话。”

小家碧玉的新娘很恭顺地打算退让，淮海却说：“川南，你有话就说，有屁就放，用不着背着我老婆。”

川南说：“打哪儿来了个胡同串子老婆？吃芥末墩儿、喝棒子粥的小市民……”

新娘子不作声。初到这种全国数得着的大户人家，她一时还拿不准姿态。淮海却拨开了口：“川南，你给老子滚！……你还等什么？还不滚？等耳掴子……”川南哭着跑了。不到一年，她与淮海的关系就恶化到你死我活了。川南屋里藏了把刀，只要多喝点酒，与淮海口磕儿起来，她就会拿那把刀与他比画。院里资格最老的一个小保姆常把淮海对她的殷勤当真，淮海一些不为人知的事也是通过她传出的。她说淮海几年前正要被晋升为市委办公室主任，结果他的领导收到一封匿名信告发淮海在外省倒卖过汽车、走私过手表，还诱奸过家里的女佣。虽然长达三年的调查没证实任何罪迹，但升迁机运早过了景。

川南有次结交了一位非常合意的男朋友，她四处与人说："他长得帅，就像我们家淮海！"终于相处到程司令批准她带进门了，全院人都见川南喜洋洋跑出跑进地清理布置她的卧室。而当她领男朋友进屋，却见了鬼一样叫出来：她墙上出现十多张放得巨大的男人相片，每张都有显著的款——赠川南。有的还配上让人反胃的爱情小诗。除此外，门后贴了一大张医学挂图，上面赫赫然标明："最新避孕法四则。"男朋友刚刚在桌边坐下，马上看见一块白色搪瓷备忘录上以彩色瓷画笔写着——切记按时服药：1. 癫痫灵；2. 斑秃灵；3. 宫颈溃疡灵。川南失了一刻神志，脸惨白眼发直，男朋友摇她晃她生怕她这时就发癫痫。男朋友与她断，倒不是被屋里的恶作剧所唬，而是川南对恶作剧的反应：她断了气一样待着，好一阵之后，突然，极其顺手地从床垫下抽出一把刀来，取刀的动作那样轻车熟路，仿佛取牙刷、梳子。男朋友尚未弄清她的意图，甚至未及看清她操出了什么东西，她已嘶鸣着“淮海！我跟你拼了”冲出门。淮海正在院里驯他的鸽子，见川南舞着刀朝他来了，呼啦一下撒出全部鸽子。院门先被关严，之后全院子都运动起来。川南被制服时，自己身上被那刀伤了几处，虽然无关紧要，但弄得一院子血，气氛相当惨烈。男朋友就此消失，不仅从这院子消失，甚至全北京都不再有他的踪迹。

不是霜降亲眼见，谁也不会相信夜间这对有深仇大恨的兄妹会坐在同一张牌桌上，全无干戈。霜降没说清来意，就被人捺在椅子上。“先替我拿牌，我上厕所去。”捺她的人有张又瘦又皱的脸。依东旗的话，淮海见女人就把个脸笑得稀烂，落下一脸“西门庆”褶子。霜降说她一点不会。淮海又在她脖子上捺捺：“不会的准拿好牌！”

“淮海吃豆腐！”川南叼着烟起哄。

“这叫豆腐？”淮海手仍搁在霜降脖子上，“这是豆腐脑儿！”

一屋人全笑起来。霜降站起身，推说得照顾那病孩子，慌慌地离去了。川南叫：“淮海，豆腐脑儿跑啦！”人又笑，一屋人在光里、烟云里像个快乐的噩梦。

霜降摸黑下楼梯时，听见几辆摩托车马达由远而近，然后停在门口。不一会儿听见一群高跟皮鞋灵巧而矜持地走过门厅，似乎大门前站岗的警卫连过问都免了。除了程老爷子本人，所有人对这院子深夜的繁华都深知熟知。然后听见这院子的少主人们迎出来，他们走上另一侧楼梯，有女子的娇嗓音抱怨楼梯太黑。所有人都相互亲热地直骂。11 点之后，各屋的另一套供电装置开始工作。这套装置的耗电开支程司令拒绝付账。于是他们便在电表上做手脚：无论他们怎样挥霍电耗量，表上的字码都在他们控制下移动；并且电耗量愈大它移得愈慢，当他们用电炉吃烤羊肉、涮生鱼时，巨大的电耗量恰恰使电表指数干脆静止。他们中间没有一个是因穷困而在几个电钱上斤斤计较的，尽管钱不多，他们仍想不通凭什么要把钱付给国家：这么大个国家，难道缺我这几个电钱?

客厅的灯是被程司令允许开的，哪怕通宵达旦。所以他的两个年长的孙子常在这里完成功课。这夜客厅里多了个人：程大江。他坐在地毯上，身边一圈垃圾："可口可乐"空听、西瓜皮、捏扁的纸杯。他几乎与电视屏幕脸贴脸，正看一部英语录像带。他不断重复某个画面，每重复一遍，他的身体便更近地倾向电视机，似乎这样便缩短了对它的理解的距离，终于他意识到什么在干扰他的理解力。他跳起来，对两个男孩嚷道：“妈的，你俩吵个没完啦，滚回你爹妈那儿吵去！”

他没看见门外的霜降，屋里太亮。他仍是赤背赤足，仅穿一条雪白的运动短裤。从他们头次相见后，霜降再没见过他。你休想在饭厅或其他什么地方见他，他管他的兄姐们叫“那帮人”，或者“虫们”。什么虫你自己去想：寄生虫、蛀虫、蛆虫。他与这个家庭似乎从未混到一起过。与东旗相似的是，他尽管对这个家抱轻蔑、愚弄、决不同流合污的态度，他也决不放过任何机会敲诈它。所有程姓儿女都在这点上一条心：机会抓一个是一个；老爷子眼一闭脚一蹬，机会就过期作废。

“妈的，你俩吵得我什么都听不清！再不出去我要揍人啦！”

男孩之一说：“外公让我们在这里……”

男孩之二说：“我们不是在玩儿，我们在做功课！”

“我他妈的不是在做功课？”他指指静止住的电视屏幕。两男孩又解释什么，他嚷：“大声点嘟哝，我听不见！”

“就是嘛，我们不是吵，我们非得这么大声才听得见！这屋子吵嘛！”男孩说。

大江这才悟出道理。七八台冰箱沿墙站着，一同嗡鸣，一同排热，使客厅不仅吵闹而且烘人地热。“妈的，省钱省钱，永远忘不了祖宗八辈都是穿草鞋的！”他坐下去，把音量放大，并用一只手捂住朝电冰箱的耳朵。两男孩抗议地哀求地直叫“小舅”，他置之不理。

霜降想，他根本不像自己说的那样“只在上厕所时用功”。

霜降还想，到了晚上，他唇上唇下的胡子冒了茬，添了点壮年气，更俊了。他长得其实极像父亲，但许多部位被淡化了。因此，父亲成了儿子的漫画。

霜降甚至想，做个女人，被这样一双手臂拥入怀中时，该是不无美妙的。哪怕只有一瞬，哪怕什么结局都没有。这双臂之所以到目前还空着，大约所有被它们拥进的都是没结局的一瞬。最后谁会在这双手臂中永久地睡去或醒来？这样想多么好玩又多么可怕，霜降一直想到不敢再往下想。

院子是多么好的院子，要没这些音乐、吵骂、专属于夜间的欢笑。菱形的花坛里开满鸦片花，太阳下看，艳得人眼都招架不住。花坛两侧都是樱桃树。樱桃被摘过两茬了，家里却没人尝过，包括院里的孙儿、孙女。老将军年年都把樱桃送到一所幼儿园，那所幼儿园是在 20 世纪 50 年代为抗美援朝的烈士子女开办的，只接受烈士后代。渐渐地，太平年代不再能够搜集到足够的“英雄孤儿”，幼儿园就成了普通的营业机构。似乎程司令不知道这个变迁，照旧每年亲自采下樱桃送给不管是谁的后代；照旧以满腔痛惜、满腔怜爱的笑容与这些父母都健在的孩子照相，再由报纸或杂志将相片刊出，题名为“将军与孩子”。有次淮海的孩子哭闹着要吃樱桃，淮海妻子求她公公，说情愿花钱买几颗着了名的“将军樱桃”。老将军给她上了十分庄严的一课：“它们是什么，你知道吗？”

儿媳说它们是樱桃，准确点讲，它们被称作“将军樱桃”。

“不对。完全错了。它们不是樱桃。它们是一种伟大的意义，是革命传统的伟大继承。”儿媳后来对人说，不知她不懂这些话，还是这些话根本不通，没文理。“所有吃过这樱桃的孩子，”将军继续，“统统会记住，他们没有被社会忘掉，他们被全社会的人爱、关怀。虽然他们不幸失去了父亲或母亲，但他们能得到比父母更多的爱。你懂了吗？”

儿媳慌忙点头，不懂也要点头，先点了头慢慢再去懂。这院的人必须这样才过得下去日子。淮海听了妻子的“不懂”后，半夜架梯子，让孩子爬上去坐在树丫上，尽肚子吃。事后，他对院里人们说："要是没这些樱桃，父母双全的孩子不会被社会忘掉，程司令倒是真要被忘掉了。"

一个曾经被牢记的人，被人忘记是挺惨的一件事，东旗总结说。晚饭桌上，东旗常常不就事论事说点什么；她披衣趿鞋，似乎每天都在提炼一种新教义，做了圣人、哲人似的。有回晚餐后人聊到大江：大江的野心勃勃前程远大潜水手表大红摩托，以及摩托后座上朝新夕异的女朋友。东旗横来一杠："心高能高，最后要看命高不高；要想以心高能高去将命也拔高，那是白累；穿草鞋的命，一代、两代能拔高多少？"霜降当时在场，不懂她说什么。没人懂，人越不懂东旗便越深奥。

霜降穿过花坛，想回屋去睡，身后有点响动。她走快了些，她不想在这里遇上大江。一个嗓音在她身后说："站住。"

是四星。不远处，一颗烟头的光亮急促明暗着。几天前，程司令在院子里发现了几只摔碎的刻花玻璃杯，骂街骂得比平时早了半小时。"日死个奶奶，我看你还有什么往下摔！"人们被吵醒，马上明白他在骂谁。他只要不指名道姓，准是骂四星。若见泔水桶里有整的包子、饺子、馅饼，他立刻会骂："日死个娘，你不吃，你就扎上脖子给老子省点！"都明白给四星送去的饭被原样端回来了，又被倒了。"你摔——有种你把你那电视机、录音机都摔碎！”

霜降再不敢去看四星的窗。没人知道四星触摸过她，她在四星屋过了一夜。那时她只觉得四星疯，现在才知道他告诉她的话半句都不疯。这院里的人真当作他被发配到迢迢千里以外去了，或者根本就当他不存在，非得他砸点什么下来。人们看见碎掉的刻花玻璃杯就远远绕开那窗口，也不去清扫，存心保存那个现场似的。那个现场反正迟早会被老爷子发现，老爷子不会不对付他：给他足够的酒、烟、安眠药。霜降这才相信真有这样一种牢：舒适，样样齐全，门不上锁；你可以逾越这牢，但你的逾越是不被承认的，所以你等于没有逾越。人们认为你在坐牢，你也认为你在坐牢，牢的意识而不是牢本身就形成一种完善的隔离。

四星过来了，他身上的气味马上让霜降想起他那间牢的气味。

“准你出来啦？”霜降偷偷往后退了两步，想退到那股牢狱气味之外。

“什么准不准，我高兴出来就出来！”四星说。他在花坛边沿坐下来。出来又怎样？人们认为你在坐牢，你走到哪里，哪里就是牢。“跟我讲话。问我点什么事：问我吃得怎样，睡得怎样，大便过没有。跟我妈似的，她天天这样问，替你刷刷马桶，再摸摸我的头。说话呀！问呀！我操！”他两手握拳捶自己的腿。

霜降想，拔腿便逃总不得体：他捶他自己，又没捶你。他不是真疯，最多装疯。头次见她，他说过他喜欢她，那时要是他真对她下手，她也不会拼命挣扎。她拗不过她的好奇心。他和她生活中的男人太不同，他出身权贵，落难却富有，他会怎样享受她或糟蹋她，她想象不出。她知道她会厌恶，因为这是公认的值得厌恶的事，但她想弄明白在厌恶下面，会不会有种不被公认，甚至不被承认的欢乐。从很小，她就与村子里的女伴躲在稻草堆里讲许多有关强奸的故事。讲到最恐怖时，她觉得身体里有一种急躁，她必须两手抱紧自己，两腿夹紧自己，才忍得住它。女伴们相互问：“怕不怕？”她明明发现她们眼里全是兴奋。都说怕，都说要那事发生宁可去死，她认为她们撒谎。不然说到死时她们笑什么。她们中最年长的一个后来真被镇上医疗所的大夫强奸了，她没死，她嫁给了他。吵着闹着地嫁他了，难道要他强奸她一辈子？

霜降想，男女之间的事是最讲不清的。头天晚上误入四星的屋，被搁到床上时，她除了怕、反感，还有什么？还有种期待？不然为什么当他什么也没对她做时，她感觉到了那点失望。假如那晚他真做了，她也会吵着闹着嫁给他吗？她不会。嫁给这个半人半鬼的东西？她不会。对他，她除了好奇还有点怜悯；一个造够孽的人在自食其果时的凄楚不同于任何人的任何一种凄楚，它是他整个的无人性中的最后一点人性，所以显得尤其浓烈和动人。镇子的街上不时会走过赴刑场的死囚，他们的面无人色，他们的一步一跌，使她难过得几乎落泪，她怎样也讲不出“活报应、现世现报”之类的话。她也怀疑这样说的人是否都由衷。有时她认为人这样说是说服自己：别去可怜他，他做得受得；他活该的。许多东西都有正直与不正直之分，包括怜悯；许多东西也分主次，包括善良。因而人得说服自己去泯灭天性中不正直的怜悯和次要的善良。

霜降却有时做不到那个“泯灭”。她常恨自己：当人们缚住一只黄鼠狼，乱杖齐下，她认为它比它咬死的一群鸡更值得怜悯。除了孩儿妈，这院里谁不说四星是条彻头彻尾的恶棍？连他自己都不否认。也许正是他对自己是条恶棍这点深切真诚的认识，才使他从不逾越他的牢狱，把自己和那些无眠的长夜关在里面。霜降的不正直的怜悯与次要的善良大约也萌发于那夜里，他列数自己劣迹时，他当时的坦然像在说：有什么可避讳呢？反正是没药可救了。像那些得知自己身患绝症的人一样，四星了解自己操行上的绝症，一点痊愈的希望都不抱。霜降没逃，不过没胆量像头一晚跟他讲话那样肆无忌惮了。这院子才待一个多星期，霜降世故许多。装傻、以傻卖傻可以，真傻就完蛋。她在四星指定的地方坐下。

“近点，让我搂搂，”四星手伸过来，霜降肩一让，“我又不是像准海那样瞎搂，我搂我喜欢的妞儿还不行？！”

“你动我就喊！”

“喊吧。”他手已勾住她颈子。

“我咬你啦？”霜降扯他的手。

“我太喜欢咬人的娘儿们了。咬吧，小甲鱼。”四星没皮没脸地笑，“往肉上咬不往心上咬就行。这黑衣裳哪来的？是那个叫六嫂的坏女人给你的？”

“我自己买的！”霜降真有些急了。她见客厅灯灭了，大江走出来，拿口哨将一支流行的缠绵歌吹得像进行曲。他或许会到花坛这边遛遛弯。“有人看见你，会把你五花大绑绑回去才好！”

“那你记住，我是为你越狱的，为你挨绑、挨枪子儿！”他笑着，翘一个嘴角，像恶心着一切，包括他自己，“我这辈子没想过谁。有那么几秒钟，我突然想到过你。”

霜降瞪着他，吃不准被这个半秃的人壳子想是不是件好事。她不再用力挣，没人会看见他们了：大江的口哨已一路响到了后院。她甚至感到一种舒服，有人对你这样说，不管真假，总是舒服的。

“今天夜里你陪我睡。”四星说。

“你说什么？”她不再舒服了。

“没说什么，就说你陪我睡觉。”

霜降甩掉他，正正衣领：“你怎么……”

“这么坏，”四星替她说，“我不早告诉你了吗？不过想你陪我睡觉，这坏在哪儿啦？我喜欢你，这也算坏？”他眉毛耸到额上，似乎无辜极了，“跟不喜欢的女人睡觉，那才叫坏。”

霜降站起身。跟这个人有什么好理论的？

“你搞错了吧？我是个到城里来挣轻闲饭吃的乡下姑娘，除了一身力气，没别的好处。你别给我这身城里打扮糊弄了。多土的瓤子还是多土的瓤子。没钱挣，谁喜欢我我也不在这里待。今天你喜欢我，明天有人不喜欢我了，我就得走路……”霜降说着，自己真的出来一股悲愤。

四星也站起，两手抱着膀子用一个纯粹二流子的步子朝她跟前晃。脸还是笑，仿佛在说：看你狠，看你伶牙俐齿。伸懒腰一样，他张开臂抱住了她。她动弹，他就以下巴抵住她额，什么话也没了。

霜降感觉这抱在深起来，成了一种淹没。就算他的话没一句真，它却很真很真，他远不像自己表达的那样潇洒地痞，或痞得潇洒。远没有活得烦透厌透，他只是羞于怯于表达他对生活的乞求。这抱便是那乞求。

霜降想，你就抱吧。他们分手时很安静，却突然看见孩儿妈在很近的地方站着。

四

早晨，霜降在后院门外的小山坡上拣绿豆。小保姆们每人分了一口袋生虫的绿豆去拣，拣得再仔细，每天晚餐的绿豆汤里仍有不少胖胖的白虫浮着。程司令最恨人乱扔东西，所以大家只有辛苦卖力地拣豆子，眼开眼闭地喝豆汤。抱怨说豆汤里有虫，他问："毒人啊？"他说红军过草地那时，能找到虫吃就是打牙祭了，什么虫他没吃过？蝗虫、土蝉、大蚂蚁。饭桌上的人赶快喝汤喝出响，以免听见他的无竭无尽的红军故事。

一会儿听见"嗒嗒嗒"的脚步声，大江出现了。不管夜里睡得怎样晚，早晨他从不间断长跑。"嘿，你怎么在这儿？"他脚步不停也不减速地问道，"你住我们家？"

"你什么都管？"霜降说。不像头回见面，她腼腆得嘴都开不了。拿着那么大的劲儿，就是为那点非分之想。现在程大江的故事听多了，他是谁，她是谁，霜降已无数次清清楚楚地告诉过自己。没了非分之想，一身劲儿也泄了下来。

"我们家的地盘儿啊，我不管？"他已跑到弯道处，拼命扭过头朝她喊。他那么多的头发，那么多的肌肉，那么多的健康与活力，跟他比，四星根本不算是条命。

"你们家的？"霜降也喊，"看看这是墙里还是墙外！你们家想多大就多大，跑马圈地呀？……"

大江想驳她，来不及了，转弯把自己转不见了。两三分钟后，再次跑出来，脚步均匀得像机械。"不简单不简单，还知道跑马圈地！……"他笑道，"告诉你，不管墙里墙外都是我们家——我爹是这里的司令，不是我们家是谁家？怎么样，没脾气了吧？"

完全辨不出他在讴歌还是在谩骂。霜降把拣好的豆子盛进一只塑料袋，站起身。这时，整个军营被无数"嗒嗒嗒"的脚步跺着，到处在"一二三——四！"。果真是这样吗？只要这小院里的老爷子手指动动，一整军营的"嗒嗒嗒"的脚步就会踏向这儿或那儿。别说枪炮"嗒嗒嗒"也跺得平这儿或那儿。霜降从未进过军营，这时，她忽然纳闷自己怎么会在军营里，在这个由人组合的一架巨大机器里。一时她想不出，这架机器每天"嗒嗒嗒"运转是为了什么，和她曾经的生活、她的乡村乡亲有什么相干。

她开始往山坡下走。坡下的沥青小路修得很精致，两边栽有冬青，也修剪得极不马虎。这个小山坡并没被囊括进程家院墙，但很少有程家以外的人出没。任何靠拢这道院墙的人，不管有意无意，都会被游动哨兵喝住，要是喝而不住，下一步就是鸣枪警告。

大江的脸越来越红。

“我这是第几圈啦？”他问霜降。

“我怎么知道？我管得着吗？”霜降说。她还恼着什么。恼自己的非分之想，或恼大江张口闭口“我们家”，那目空一切，那到了欺负人、唬坏人程度的优越感。

“你当然得管，就是你和我拌嘴，我忘了计数！”

“我和你拌嘴？我可真稀罕和你拌嘴！”霜降自己也不懂：怎么恼得收不住了。

大江不跑了，停下来伸胳膊伸腿：“唉，你不是北京人吧？哪儿人？”

“乡下人！”

“乡下人好哇，”他又笑出一嘴饱满的牙，嘴也不一高一低了，“那帮人（他指指程家院）个个都是乡下人。我也是半个乡下人。我们老爷子小半生都是两只泥脚杆，祖祖辈辈挑不出一个不穿草鞋的。想想看有多惊险，要是我们老爷子当年安分些，不闹革命，这一院子人现在还在山旮旯里，两脚杆子泥。老爷子闹革命还真闹对了，给自己闹下这么个小院，这么个大院！”他说着开始做俯卧撑。“你来帮我个忙好不好？”

霜降看看他，想又有什么把戏来了。她真想看透他，这个叫大江的少爷。似乎他做少爷做得心满意足又怨气冲天。

大江停下动作，看她斜着身从坡上颠下来。霜降今早梳了根辫子，她晓得自己怎样打扮怎样好。她也晓得自己心又不老实了，又让她全身拿起劲儿来。

“你是不是想在这里遇上我？”大江笑着问。她否认。仔细想，像是记得谁说起大江每日晨跑夜读。但她坚决否认她来这里是为了会他，对自己，她更得否认得彻底，她还告诉自己：他把殷勤和主动都赖到你身上了，千万不能再理他。她却管不住自己的眼，它们还在朝他闪，闪得她一阵悲哀和烦乱，想：那点痴妄竟如此顽强。

“帮我捺住我的脚，”他对她说，“最后没劲的时候得有东西压住我的脚。”他脸已由红变紫。

霜降想着“不理他、不理他”，但手已捺到了他脚上。他说：“使点劲！要不，你坐在我脚上。”她知道那会更不成话，但人已坐上去。他一动，她也一动。她身体里面、外面都在一动一动。她看见他腹上两排方方的肌肉，肚脐很整齐，再往下有些淡淡的茸毛。怎么可以留神到这一切？她慌得吞口唾沫。仿佛她突然间懂得一种痛苦，那来自女人天性的痛苦。

大江结束了锻炼，站起来，她嗅到他身上的健康，就像她能嗅出四星身上的失眠和监禁。别去想四星。你又不喜欢四星。那个长久无声的拥抱让她感到被死抱过一回。四星干吗要抱她？似乎他那死一样的拥抱将毁掉所有活的、热的拥抱。

大江并没有拥抱的企图，只长久地看她一会儿，他问她还记不记得他的邀请。

“啊？”霜降惊醒一样，瞪圆眼。在她的词汇中急促翻查“邀请”的定义。

“星期六，跳舞，忘啦？”他的神情说：竟敢忘了？

她说她可能没空。她说她不会跳舞。她说她去不得大场面，去了就傻。他像听不懂她，只重复：“7点半，北京饭店，我等你。”她想他这点和四星很像：别人同不同意不关他事，他反正已做了主。怎么又去想四星？你又不喜欢他。你恶心他。霜降明白她喜欢谁。

她更明白在这院里喜欢任何一个男性都是走倒运。

看着坐在山坡下读书的大江，她想她不会去跳他那个舞。她是谁？他是谁？

星期六下午，霜降早早把四个孩子从幼儿园接回，又给他们洗了澡、换了清洁衣裳。从三岁到六岁的四个孩子都服她管，道理很简单：首先，他们的爹妈没守在身边，他们没势可仗；其次，霜降在行他们所有的把戏，如逮蝈蝈、逗蟋蟀；霜降的故事从来不是拖长声调“从前啊——”；加上霜降会把衬衫往裤子里一掖，瞬间就在草地上竖起蜻蜓，过后问：“我肚子没露出来吧？”孩子们过去管所有的保姆都叫阿姨，管霜降却只叫霜降。有次，四星老婆（现在明白她就是六嫂）端着已融化得滴滴答答的纸杯冰激凌唤她的两个孩子，他们却像瞅个陌生人，然后全偎向霜降。六嫂立刻眼泪汪汪起来。院里人人都知道，程司令下过令，不准四星老婆接近孩子们一步。

这天下午，霜降被孩子们推着搡着，也讲出不来故事了。她对自己说：看你心里吵得，你又不去跳舞。翻来翻去就那几件衣裳，六嫂给的两条连衫裙倒不旧，但一城女人似乎都穿这花色款式，穿臭了街。干吗翻衣服？不是不去北京饭店吗？孩子们仍催她讲故事。她险些笑出来：他们让她扑了太多痱子粉，一头一脸白，一帮小曹操似的。

霜降自己也洗了澡，四个孩子围着玩她的湿头发。这时，一个小保姆跑来，说程司令叫她去，有要紧事。

霜降小跑着穿过院子。满花坛大烟花开得沸腾了，要溢出来似的。淮海正给几个小保姆照相，小保姆个个把自己穿扮成了“花坛”，站在花前花后，花得人眼累。淮海嘴里不干不净地调笑着，不时还跑上去，亲自动手摆弄她们的身姿，托托这个下巴，拧拧那个腰肢，“嗨，小胸脯挺高点儿！”说着伸手去触更要害的部位。东旗坐在楼上走廊看书，肩上盘着只大猫，见此情形朝楼下喊：“淮海，你少无聊点！”

这一院子人每天最多上两小时班，钱却不少挣。站在树荫下的淮海老婆抱着膀子哧哧直笑。

东旗缩回头，大声道：“二百五！”不知她指谁。

霜降进门时见程司令正抱了支杯口粗的巨大毛笔在写字，地上铺了一张与地毯差不多大的纸。乍一看，以为他在抹地板。“报告！”霜降大喊。

老将军抬头看她一眼，未应，浓眉一蹙，像是因被打扰而不悦，又像再次记不起她是谁。

好大一会儿，他问：“什么事？”

“她们……”霜降一诧，“不是说您叫我有要紧事吗？”

“我叫你？我叫你做什么？”老将军不再抬头，极其专注地写完最后一笔，然后将笔杵进一只大桶，里面盛了半桶墨汁。他歪头，手叉腰，神情严峻地欣赏写就的字。

“怎么样？啊？”

霜降想他大约在问她。他却马上又说：“这么大的字，非壮了胆才能写。”他慢慢深深地点头，“是吧，小女子？”这回是问我了。霜降赶紧笑，说这字真大呀，首长写得动这么大的字！

“批评批评，这字写得够哪级水平？”程司令问。

“我哪懂啊？”霜降一缩下巴。心想憨就憨些吧，瞎讲话，恭维错了，才会得罪老爷子。

“你们学校没教过书法？”

“我们是小镇上的学校。”再有几秒钟，他若还没事，她就告辞。他忽然抬头了，看着她，眼光颇猛甚至毒。也是忽然地，他嘿嘿笑起来。

“你真是个土生土长的乡下小女子？”程司令管姑娘统统叫“小女子”。而且，当他叫“小女子”时，露出那柔和、委婉、拐弯抹角的湖南乡音。几十年的征战，五湖四海的扎营，渐渐培养出他的一口能体现他身份地位的南腔北调，唯有他吐出“小女子”三个字时，人们尚可能被提醒：这位显贵人物身上残存的一点动人的泥腥。

“你半点也不像，起码不像我那个时候的乡村小女子。”

程司令目光定在了霜降身上。

“我在镇上住了好几年，我父亲在镇上当过消防队长。我们那个镇大，像个县。后来不是改革了？有田种比挣工资好，我父亲带我们全家回了乡下。我还是两头跑着，在镇上读了高中。怎么啦，首长，乡下姑娘就不兴穿牛仔裤呀？”她想撒撒娇试试。程司令却仍盯着她看。“您没事我走啦？我今晚答应带四个小孩出去玩。”去哪儿？北京饭店？这时它倒成了她的借口。

“别忙走。”老将军似乎猛地收回神志，“从那个柜子里取几张纸，”他说，“铺到桌上。”他手动了动。

霜降一一照办了。她留意到老将军今天是一身便服：牙白色，带有同色小细格子的纺绸裤褂，质料高档，只是洗后未熨，前襟比后襟短了一截，并且被折叠的痕迹非常惹眼。这类质料的衣服似乎不该被折叠，更不该按西式服装折叠：那宽大裤腿上现出制服裤般两条笔直裤线，看上去不顺眼，不伦不类。将军的发式也特别，耳以下被剃得极干净，剩下的白发被仔细吹过，仔细分成“三七开”，像是壮劳力的光头与过时的摩登分头的生硬组合。“把纸铺平，拿‘镇纸’镇上它，然后研墨三七二十一下——好。”

霜降完成一个动作，将军才颁布下一道命令，所以想一下搞清他整个意图简直是妄想。与他处长了，霜降渐渐明白：他尽可能推迟你理解他根本意图是防止你的分析、拒绝，截断你的连续性独立思考，支离你的思维逻辑，从而使你在不理解他意图时已执行了他的意图，在你理解他的意图而想逆反这意图时，你已完成了、成全了他的意图。

“好，现在选那中号羊毫。”

霜降感到自己乖得像木偶。

“蘸上墨。”这时，程司令走到她背后，“写吧。”

霜降侧过脸，见将军目光十分柔和。“让我写？”她以笔尾端点着自己的鼻子。

“小女子！”将军捏捏她肩，“写个字就这么大惊小怪？写！你自己的名字总会写吧？”霜降飞快写下自己的名字，为使那只捏在她肩膀上的手省些力。“不错！这字相当不错！”他把她的肩捏得更紧了。她扔下笔，嬉闹地跳到一边。她看见老将军那只空了的手仍鼓满力。那手瞬间的静止使她想到它什么都揉得碎、毁得掉。

“你这字是没一点功夫，不过，字胎子好。字不过百天工夫。怎么样，我收你做徒弟吧？”程司令在霜降写下的名字四周写了一大片“霜降”，把她自己那个“霜降”围死在里面。他写，霜降往门口移，嘴说您要没事我走啦，一定谁传错话，害得您字也没写安生。她看看门又看看老将军，他仍在挥云舞凤地运笔。还有三步，她就能从此地逃掉。

突然地，将军把笔一掷：“站住！什么名堂？”

这声吼让霜降几乎感觉自己中了弹。刚才还在将她有头有面款待的将军刹那间不在了，出来了另一个人。另一个人又凶又老，双颊显得臃坠，鼻孔那么大而黑。不久，霜降将发现他的喜和怒并不是他情绪的两极，而是紧邻着，似乎仅隔一层透薄的纸，一触即破。

“你当我这里是什么地方？不请自来，想走就走？”程司令说着便昂首阔步地踏到他方才写的巨大的字上，踱了一个来回，不时投给霜降一两瞥狠的，甚至嫌恶的目光。霜降反省不出自己怎样惹了他，惹出他那么大一股怒气。将军发起脾气来也是大手笔：在很大的屋踱，屋被他越踱越小，小得不够他踱了。他的步子像在三军仪仗队前面走，像在众志成城的百万大军前头走。可以想象，当年他会踏着这步子去“解放台湾”，若没那一湾海挡了他的步子。

最后，他大踏步朝她走来，势头仿佛连她也一块踏过去。他的脚步刹得很陡，很利索。她躲不掉他那股热乎乎的呼吸，它带着老人腑脏里沉淀淤积物质的气味，一种丰富而混沌的气味。它新新陈陈，混有多年前红米南瓜、草根树皮、蝗虫土蝉大蚂蚁的气味，还混有不久前国宴的气味以及当天午餐中油煎蚕蛹的气味。嗅着它，霜降带着敬意和恐怖地想：他腔内是一个时代，一片江山，一部历史。那部历史教育她：没有他，以及他这样的老人，就没有她，没有新中国。

他的手再次落到她肩上，她不再动。她强迫自己去平息身心内那股强烈的异感和不适。

“你得学书法，必须学。每天起码到我这里练习一小时。我决定教你了。”他把“决定”二字嚼得重重的，像他在餐桌上嚼一颗硕大皮坚的蚕蛹。她不知这个“决定”是厚待还是虐待，反正其他小保姆没一个被他“决定”的。她这下明白了，四星也好，大江也好，做事说话中带的那股“决定”意味，都是从这儿来的。他“决定”他们，他们去“决定”别人。

既然是“决定”，霜降便将头点得相当殷切。

将军又说：“你还必须读书。必须读。”他手一划，指着四壁书柜。

霜降更点头了。她一点也不烦读书，在家读书添灶，把两个辫梢都烧秃了。使她不安的是，她哪点区别使将军如此“决定”她，她知道自己好看、聪明、讨人喜，但也是一个小保姆啊！“年纪小，不读书将来做什么？”将军往语气上加大分量，像反驳她的反驳，她一个字的反驳也没有啊！若敢，她会问：将军，您自己呢？据说程司令本人并不读书，尽管他的藏书是座富矿。其中任何一本他都没读过。他藏书甚至不是为了后代，因为无论他儿孙中的谁碰了他的书被他察觉，他都会咆哮。连他的小儿子大江随手翻翻他的书，也被他喝得坐不得、站不得。他的书仅是他的物质财富，他对这财富的贪恋是因为他祖祖辈辈都贫乏于此。他爱它们，正因为他不可能真正占有和支配它们，而仅仅是物质上的拥有。霜降为她突然获得的特权震惊——他居然邀她来侵犯他这块无人敢涉足的圣地。她感到搁在她肩上的手渐渐顺着她脊梁滑下去，最后停在她腰部。这只手的自信与霸道使人不敢去怀疑它在伦理道德上的正当与否，这只手的力度与热情使人无法看透他真实的衰老程度。

“你是个不一般的小女子。”将军说，或说他“决定”。他表情全无，但目光却温存许多。手滑过腰与髋的弧度，又回来，似乎不敢相信这个弧度会这么好。它来回了几次，惊羡那弧度的青春和美丽。“要好好读书……”

没什么，他的年岁能做你外公了，她这样想。终于不行了，她出声地笑起来。只要这样笑，她身子就可以乱扭或缩下去。那些乡下妇人都这样笑。

她知道这笑有多蠢。她知道这样一笑就能把身上无论多少灵气都笑光，笑成那种乡下傻女人。而将军却不感到太败兴，也慢慢笑了。牵起一个嘴角——他也会这样的微笑，它却仅仅表现他无可奈何的骄纵。

电话铃响了，她想，这下好了。

将军抓起话筒，听也不听就说：“一会儿再打来，我现在有事。”挂上，它又响。将军看它一会儿，“决定”给予理会。他的表情还似乎“决定”了它是谁。

“说。”他对话筒道。完全明白谁在说、说什么似的。

“你以后不要再跟我提这件事。你提也没用，根本没有商量的余地！缺他吃了还是少他穿了？他住得跟半个皇上似的，还要自由？你去告诉他，他什么都能有，就是别想有自由！他拿了自由就一天到晚去造孽。你不要再跟我算儿女账，这一套我早就不吃了！你再去告诉他一遍：我现在不是他老子，和他没私情好讲。他除了服国法还要服家法。再告诉他：想要录像机，办不到！电话？他做梦！他有再多钱，没我的准许，我看你敢给他买！要自由，要录像机，要电话，要每天出来活动三个小时，你问问他是谁？他是个不折不扣在服大刑的犯人！做个犯人能活得这么游手好闲，舒舒服服他还不知足？大江那个小杂种要敢去找他聊，我可以立刻请他回学校！才两年，他就蹲不住了？叫他别忘了，按原判他该蹲二十年真正的大狱、干二十年苦工、吃二十年的‘八大两米’……”将军此时突然意识到霜降的存在，朝她挥挥手。

霜降赶紧一步撤到这个燥热自在的世界。远处近处都是大喊大叫的蝉。她呆立一会儿，忽然发现自己已不再喜欢这院子。她不喜欢得那么强烈，以至她想马上离开。在一切麻烦甚至罪孽统统展现给她之前离开它。与此同时，她发现自己被一个极不熟悉的嗓音吸引着，她从未料到这个家庭里竟会有这样一副典雅、圆润的嗓音。这是将军书房紧邻的一间小会客室，曾经将军会见他关系亲密的军界朋友都在这里。他们在这里曾放肆到纸上谈兵。后来他的这类朋友前后脚地都走了，都是去见马克思了。（“见马克思”是他们对死的打趣，尽管是句俗套陈话，但每当他们彼此提及它，仍朗声大笑一阵，像是很难避免的一种条件反射）即便人间仍剩下一些，如程司令这类在裁军后不再授衔的，也活得悄然了许多。程司令是他们中最不寂寞的一个，每年至少有四五次靠得住的机会去维持人们对他的记忆：第一是靠“将军樱桃”，第二是靠他的书法，第三是他一年一度在老人网球比赛中的表演，第四是到几所著名中学做“红军长征”或“革命传统”的报告。有没有第五个机会去提醒人们他的存在，那要看他是否能成功地惹下一件祸事或制造一件逸闻，至少至少，在哪个云集大众的场合骂一次娘。这间小客厅自两三年前就荒芜了。霜降从半掩的门看进去，积尘中坐着一个女人，乌黑头发齐在死白脖颈上，仅凭这点，霜降立刻断定这背影是孩儿妈。她握电话的姿态也是娴雅的，这院里找不出第二个人像她这样将脸轻轻依偎在话筒上。程司令刚才接的电话，是一墙之隔的孩儿妈打来的。霜降惊讶这对夫妻人为的，却是心灵的天各一方。

“四星已经连续失眠三十六天，他请求给他注射冬眠灵（氯丙嗪）！这几天他天天在靠冬眠灵入眠。你知道什么是冬眠灵吗？那是癌症晚期病人无法忍受身体和精神两方面的痛苦，不得不用的镇静剂。因为我也用过，所以我知道它。我一直想死，你是清楚的。你当然没有明讲，但我明白，你对我的死活无所谓，只要死得不引出闲话。你惩罚了我一辈子，不过我希望你只拿我这个人来惩罚我，不要拿我的孩子来惩罚我。四星会被你折磨死的，假如他长期靠冬眠灵来维持睡眠……对，这就是我说的——杀他的是你而不是冬眠灵，因为是你把他活活关进了坟窑。对，那就是坟窑。你断绝他与活人的一切往来，那就是坟窑。四星现在只剩个人架子，头发也秃了。你自己一头头发还那么稠，去看看你儿子什么样吧！”

霜降进院子这么久，头次听到孩儿妈讲话。她字正腔圆，声音里有种动人的韵律，并显出她的近乎完美的教养。若不是亲眼见、亲耳听，谁会把这么美的声音归结到那么个邋遢的女人身上去呢？孩儿妈所穿的每件衬衫都是皱的，每条裤子都不合体，每双鞋都被踩没了后跟。在人们印象中，她永远是那个毫无发式的发式；从未见她抽过烟，但她右手的食指与中指却有两片焦黄的指甲。

“现在我才明白，”孩儿妈抑扬顿挫地说，“一个人生成一副杀人不眨眼的性格，对谁他都会杀人不眨眼。”

孩儿妈从哪里来？一定不是穿草鞋从泥巴屋里走出来的，霜降想。孩儿妈的父母是医生，在西洋国家学的医术，又回到中国来开诊所，在医生家庭特有的悄声细语和洁净中，孩儿妈被生出和养大——人们是这样传说的。孩儿妈是从学生的平底皮鞋中拔出了她苍白的脚，穿上了草鞋。和许多支持抗日的学生一块儿，她朝圣一样到了延安，那里有所大学叫“抗大”。她没有做成“抗大”学生，十七岁时，做了程军长的第三房妻子。人们传，程司令的第二个妻子离开程司令时对孩儿妈说：“我受过了，轮着你也受受。”

在晚饭桌上，孩儿妈与程司令依然和全家太太平平坐着。

霜降留心地，甚至担忧地旁观这对老夫妻，什么异常也没有。半小时前那场对话没留任何痕迹在他们举止神态中。她仅仅发现，当将军夹起一颗被煎成深褚色、肥硕闪光的蚕蛹时，孩儿妈停了筷子，停了咀嚼，似乎也停了呼吸，等着蚕蛹在他坚实的齿间破裂的轻微声响。这一声响使孩儿妈既战栗了一下亦松下一口气。以后的日子里，霜降发觉将军每顿饭必吃蚕蛹，他的牙齿每破碎一颗蚕蛹，都会引起孩儿妈的战栗。

程家吃晚饭的时间，小保姆们像过节或放假。这时她们可以用电话，可以在卫生间里聊天，一面开着淋浴。夏天的卫生间是避暑胜地。霜降进去时，几个姑娘惊叫起来，随后是笑。笑得大有内容。

“你们在疯什么？”霜降问。

她们笑得一时空不出嘴来说话。这群农村女孩都长得不难看，除了没站相、坐相、走相、吃相。身材匀称些的那个姓李，都喊她“李子”，跟她女主人学着不仅涂红手指甲，也涂红脚指甲。她女主人是五嫂，淮海老婆。

“不跟她讲！”李子说，“她才来，讲了把她吓着！”李子是院里资历最老的小女佣，自视保姆头目。她跟淮海有“亲一口，亲一口”的关系，这点她落落大方地认账。

一个姑娘忍不住："李子，她……"虽然李子威胁要踢死她，她仍是又嘻哈又比画，"李子刚才还学……学给我们看……淮海在床上怎么……哎哟妈呀！"

霜降戳一下李子的肋："编的吧？"

"编？雷轰死我！"李子泼劲出来了，"这个院子的故事你脑子想干都编不出来！下午我去找淮海，报一个星期的菜账。我一敲门，他就喊'进来！'推开门，看见床上不止淮海一个人，还有个女的，生脸，两人都没穿衣裳。我唬得直讲对不起，要跑，淮海说：'这乡下妞，老子不臊你臊什么？'他俩真是一点都不臊，在我脸前头跟鹞子翻身、鲤鱼打挺一样……"姑娘们笑着在她身上捶，一边叫："怎不学了？学呀学呀！"

"淮海叫我报了菜账，又叫我到五斗柜上自己去拿钱。我刚出门，正碰上五嫂上楼。她多早上班、多早下班全随她自己高兴，说回来下午两点就下班了。我想这回要死了。她刚跟淮海结婚那时候，防淮海像防贼一样。常常在床上撒点烟灰，要么搁几根头发，一般淮海午睡都在沙发上，就是往床上躺也躺不到里面半拉去。她哪次回来，那些头发、烟灰都没了，她就哭闹要寻死。这回还得了，让她活逮了！她走到门口，不急着掏钥匙，把门窗打量几眼，转脸问我：'里头是谁？’我唬得讲不出话来。她敲敲门，我拔腿就跑，生怕跑晚了她连我一块儿宰。我刚到楼梯口，听见淮海在里面拿一模一样的嗓门喊：‘进来！’五嫂进去了，我听了一会儿，什么事都没出！不是有鬼了吗？我赶紧到楼下收了晒干的衣裳，佯装给他们送衣裳去。敲门，还是淮海答应：‘进来！’进去看，人家三个人好好地在吃西瓜，那女人又年轻又漂亮，看着也不像个婊子，身上只裹了条毛巾毯！你说这故事能不能叫人懂？死不要脸的淮海活活一个花贼，到处搞些漂亮丫头回来，就凭他在电视剧组当个混吃混喝的副导演。导什么演？‘捣眼’差不多！”

小保姆一窝子笑，骂李子嘴粗。

“他们做得我讲不得？”李子还嘴，唇齿极其锋利。李子从十五岁开始做女佣，十年下来，她仿佛认识了全北京的大小保姆。说话、招式油滑却土气十足，处处做出满不在乎、什么世面都见过的样子。见霜降也大大瞪着眼，她说：“你看，我知道她要唬着！五嫂人绵和，少心少肺，淮海哄她：‘你闹什么，我有多少女人，你都是东宫娘娘。’五嫂再不闹了。晚饭前，淮海偷开了老爷子的车送那女人走了，五嫂揪着我问：‘淮海有没有偷我东西送她？’我说我哪里晓得。她说：‘他一贯背着我拿我的东西做人情。我进口的内衣、内裤有一抽屉，我根本没数。有次我在那个专门放新内衣的抽屉里撒了撮烟灰，回来一看，烟灰果然没了！’”

这时，东旗的声音在门外喊：“有够没够啊？水是要钱的！”淋浴马上都被关上了。东旗又说：“什么事笑那么狂？又在讲我们家人好话，是吧？”

小女佣们纷纷穿衣服，准备散伙。霜降抓住李子问道：“你下午传话，说程司令找我，七扯八搭的，他哪里找过我？你们以后少跟我开这些玩笑！”

李子叫过另一个小保姆，说是她传的话。

“是孩儿妈叫我传话的！”小保姆说。

“孩儿妈？别神经了！”李子抢白。人都知道，谁一把火点了这院子，孩儿妈都不会问一个字，人也都知道她跟程司令的怪诞关系。

小保姆急得赌咒：“孩儿妈亲口跟我说，程司令马上要见霜降！我还格外问了她，是不是新来的、长得俊俊的、俏俏的那个。因为我也奇怪，程司令从来不跟保姆讲话，要么通过孙拐子，要么就当着我们面训他的儿女，说他们没管好自家小阿姨，你们不记得？有时你明明跟他站得面对面，他偏偏对他儿子、媳妇大老远地喊：去叫你家小阿姨把走廊给我再打扫一遍！”

不等她讲完，东旗进来，插上电源吹头发，就像她谁也没看见、看不见一样。这个大卫生间的电费是归国家，所以院里人熨衣服、吹头发都在这里。

上了公共汽车，霜降心怵起来：孩儿妈想拿我做什么？甚至有种感觉：孩儿妈仅是一缕未散的魂，属于一个多年就死去的人，她徘徊人间仅是来清理她生前的满腹心事。是还愿或是报复。拿我报复吗？报复谁？我仅仅是个十八岁的小女佣，我可没有在这个家庭中攀附而上的痴心，更没痴心对大江。他邀了我，我应了，只不过想看看大地方和大地方的人。

霜降开始后悔：我竟上车往北京饭店去了！就是知道大江在逗我，我也依顺？我痴着什么？我果真对他不知天高地厚地痴着？车停在一个站上，霜降对四个孩子说："我们不去北京饭店了，北京饭店不好。"

四个孩子没一个拽得动。对他们来说，公共汽车好，北京饭店更好，程家院外的一景一物统统好。

程大江并没有等在门口，刚刚 8∶20。他逗逗你的，你还真识逗。恐怕他根本就没来，早忘了那个烦了她俩礼拜的邀请。霜降领四个孩子进了门厅，眼四下寻，终于发现一个穿短袖军服的背影正和一伙人聊得热闹。她从未见过大江穿军服的样子，但她一眼认准那就是大江。大江穿上军服就该是这副神气活现的样子。他宽宽的、棱角分明的肩膀——虽然她不得不承认这副肩膀和他的个头搭配有些比例不当，使军服格外体现出军服的优势。她还想，大江着军服还是大江，军服一点都不让人感觉他被这种强调共性、排斥个性的服饰统一到一个集体中去，相反，他那么显眼地凸突在那里。

霜降安排四个孩子坐在靠边的椅子上。孩子们被这个充满红男绿女的大场面震住了，一时顾不上给她找麻烦。她买了四个纸杯冰激凌，塞给他们，他们连声音也没了。

舞曲开始了好几回，没几对人正经上场跳。到场的所有女性都从头到脚披挂上了，霜降是其中唯一穿牛仔裤的。

她掏出一支一块钱买来的口红，程家所有小保姆都用这个档次的口红，对着四个孩子中最年长的女孩涂抹起来。女孩监督她不至于涂得太豁边。“霜降好不好看？”她退后一步，问孩子们。孩子们齐声说：“霜降丑死了！”

她笑起来，明白那就证明她顶顶漂亮。孩子们常在喜欢她喜欢得不可开交时，对她说：“霜降坏死了！”她朝大江那边望了望，走几步，又转脸对孩子们：“你们不准乱跑！”他们一致喊：“就乱跑！”她放心了，同样明白那是他们协同合作的表示。

她这时心不那么重了。一大厅的男女，谁和谁是认真来做什么？不过你逗我我逗你，大家热闹高兴。受个男人邀请，你就在那里惊心动魄，不是乡里乡气是什么？她对着手舞足蹈的大江背影拿了主意：你逗我，我也逗你。

原打算穿过半个场子去招呼他，他却回了头。他们一伙人中谁先瞄见她，把她指给伙伴们："有个美妞儿不知冲谁来了！"大江从他们中抽身，快了脚步迎向她。她有个感觉，他不想她走近他们那一伙。不知是过分郑重还是对她迟到不满，他连翘一边嘴角笑都显得吃力。霜降突然发现，他神态里没有多少逗逗她的意味，他的冷峻与热切都是她意料之外的，她对下一步会发生的没了准备。她停下，他几乎在同时也停下了，似乎都等着对方来完成最后几步迎候。

"嗬！"大江道，脸依然沉着，"这是谁呀？……"

她想，他要开始逗了。那么逗吧。她于是还嘴："你管我是谁呀。"

大江松垮下身体。松垮了的他很像四星。"老远看见个姑娘，头发那么黑，腿那么直，脸蛋子也没长错，我心想那么漂亮个姑娘我怎么不认识？我不认识还行？咱们得凑凑近去。一凑近，原来不就是你嘛！"现在已完全听不出他是胡扯还是实话。“来吧，咱们握个手！”握手的时间不长，也没有任何零碎的亲昵。它甚至太正儿八经，把她“逗一逗”的心绪完全弄没了。他的手里没有四星的无情中的多情，也没有淮海的多情中的薄情，只有一种诚实的向往。友爱、相知、相识，都是这向往所包括的。它甚至还向往一种控制，对于男女间太自然、太盲目的彼此间好感的控制。他也许正以这个控制保障了自己对于女性的自由。

“你能来，我真高兴！”他说。

霜降想，这纯粹是句口水话。他若不喜欢她，能选两句聪明得多的话来表白。她看着他走过去买饮料，连往外掏钱包的姿势都神气活现。他们找了个坐处，他仿佛不再是那个十分饶舌的大江。他忽然笑笑：“你看着我干吗？”

“你看着我干吗？”她马上还口，笑。

大江笑笑地把脸调开，去看舞池，说：“你没见我穿过军装，所以这么盯着看，是吧？”等他把脸转回来，霜降发现他的眼睛不同了；似乎四星、淮海、程老将军都通过他一双眼在看她。她吃不住被这么看。刚进这所大院才半个月，就被这样看，会伤吧？

又一个舞曲起来，大江拉她。她说她不会，他说大家都混，混混人也熟了，皮也厚了。她与他搭好姿势，未起步，她“咦”了一声，从他军服领章下面扯出一小根线头。他说随它去，那是他自己缀的领章，活路粗，单身男人嘛！她忽然有一点快活，心想他竟连个替他干这个的女人也没有。想着，她埋下脸，将那根线头咬断了。

“呀！”抬头时她惊叫。惊她那村姑式的、不含蓄的、武断的殷勤，也惊她闯下的祸。

大江低下头，看见胸口上印了个唇印。浅草绿的军服上两片淡红实在触目。“这下漂亮了！”大江说，拿手拂拂它，“我总不能一直捂着它吧？”见她真窘，他说，“等跳起来，转得像个陀螺，谁都看不见了。还有，你得贴紧我，把它挡住……”他这时的笑痞起来。

他俩跳得东拉西扯，简直像打架。大江的节奏感坏得唬人，没一拍踏到板眼上，他一点也不难受。霜降反而纠正了他好几次节奏。

“喏，怎么样？跳得蛮好吧？”他问。

“天晓得我俩在跳什么。”她说，一边去看坐在远处的四个孩子，不少一个。

“管它什么。除了我的本行，我这个人对什么都没认真过。我唱歌跑调，跳舞手脚不协调，画画只认得红和绿，作诗从来不押韵。不过我不怕。我照样唱歌、跳舞、画画、作诗。我们家的孩子没一个有特别才能的，尤其在艺术上，简直一点窍都不开。什么问题？血统问题。我爹前面小半生还是个泥巴腿，穿着草鞋走到现在的地位。人家叫我们衙内，我们凭什么是衙内？凭我们的爹有小楼、有轿车？但根基呢？他祖祖辈辈的贫穷、节俭、缺教养，当然还有淳朴统统结实地长在他身上、他血液里。这种祖祖辈辈通过血液遗传下来的东西，不是他的地位能改变的。他再想附庸风雅也没用，太晚了。我们虽然都不笨，但毕竟离我爹那个贫穷、缺教养的上半生太近，所以我们只能是这个素质、这副德行。在高干崽子里，我们家的几个算不上顶次的；我爹尽管不懂教育，但他动不动会拔出枪来限制我们干太缺德的事。”大江变得很雄辩，舞步越踏越错误。渐渐地，霜降感到他的体温烘人。他没有把她拉近一厘米。动作猛起来，他毛糙的面颊在她额角蹭一下，他会笑出个道歉：“我可不是故意的。”

舞到一个角落，霜降看见一派浅草绿的制服。有人哄：“嘿，程大江！你在这儿操步啊？”

“我呀，练柔道！”他快快活活答道。

几个军人盯着霜降，不怀好意地笑起来：“对呀，好好跟她柔道柔道！……”

“你闭嘴！”大江道，并不是恼。

“舞曲都停啦，程大江，还舍不得撒手哇？”另一个哄道。

大江刚停下，几个人同时叫了：“哎哟，程大江，你胸口上是什么呀？”

大江装作困惑去打量那两片淡红：“这个呀？”他认真指着它，“这你们都不知道？这是口红印啊！”

军人们都笑，都朝霜降看。霜降去看别处，她知道自己是那种不会扭捏的女孩。新舞曲开始，大江和另一个姑娘跳去了。霜降惦记四个孩子，回头看，他们仍好好坐在原处。他们很少出院子，在这种人多人乱的地方，他们既兴奋又胆怯，其中一个欲站起，霜降朝他做了个手势，又做了个表情，他马上老实了。霜降以笑给了他奖励，心里却后悔带他们到此地。小保姆之间常相互通融：谁有亲戚朋友要会，其他人会帮忙照看孩子。谁都明白“会亲友”是幌子，这个年纪的女孩，谁不捣点鬼？霜降正是不想任何人认为她也有鬼可捣了。

一个高个眼镜军人把霜降拽进舞池。他跳得比大江认真，嘴唇始终在一张一合地默数节拍。

“你爸爸是谁？”跳了一会儿他问。他的意思是上这儿来的都必定有个说得上“谁”的爸爸。当霜降回答自己的父亲是个农民时，他像对孩子的淘气话那样笑。

“真的！”她带些挑衅看他。农民的女儿怎么啦？你把我扔出去？

“说到底，我们这些人的父亲都是农民。”他说，表示与她的玩笑合作，表示自己也不缺乏这类自我批评式的幽默。

他们把自己的父辈看得颇透。像程家的所有儿女一样，一面批评着父辈，一面最大限度地享用父辈的特权。看老将军仔细拈起碗底最后一粒饭，他们会同情地一笑：瞧，祖孙八代都饿怕了。他们对自己的父辈那样轻蔑，轻蔑到了不值得与之认真地做一句争论，当面全“好好好”，背地里“老爷子懂什么？”每个儿女背地里从不叫“爸爸”，都是张口闭口“老爷子”。若要父亲在经济上援助就说：“骗老爷子钱去！”若想得到父亲在社会上的支持，就说：“哄老爷子给找几个老关系。”逢到父亲发表见解，他们就说：“老爷子又打什么岔儿？”碰上父亲发火，或与某个儿女口角起来，几乎所有儿女刹那间齐了心，相互安慰：“想开点，别跟老爷子一般见识！”两代人天天都惹彼此不高兴，天天都你不容我、我不容你，却谁也离不开谁。霜降想，怎么会这么滑稽？在外面，他们对自己的父亲突然亲热也尊重起来，三句话就让人搞清，他们有个称得上谁谁谁的父亲，于是，“老爷子”们又变成了父亲。

高个眼镜已主动介绍了谁谁谁是他父亲。不过，霜降对这些谁谁谁没任何知识，既没被吓着也没表示仰慕。他又玩笑地话及程大江，说他是个官场、情场都走运的家伙。他太忙于谈话，节拍不数了，脚步马上乱。他赶紧放弃交谈，出声地数起步子来。这时，他们跳到舞池另一端，霜降发现椅子上就剩了两个年幼的孩子，抬高嗓门问："放放和嘉嘉呢？"

"那不！"他们一指，霜降看见两个年长的孩子正模仿大人们跳舞。

"哪来这么多的孩子？"她的舞伴问。

"我带来的啊。"霜降答着，一边去问孩子，"霜降跳得好不好？"

孩子们却叫："霜降，我们被尿憋死啦！"

"你喜欢孩子？"舞伴又问。

霜降先回答孩子："我马上带你们上厕所！"然后回答她的舞伴，"不喜欢也要喜欢，到城里总要做事挣钱啊！"

"你是个……小阿姨？"

霜降笑笑说"是"。见一伙人喝饮料，她说："'可口可乐'真唬人，一开砰一声，像拉手榴弹！"她笑着说她刚到北京那时，头回根本就没敢开它。他也笑，但心思全跑了。

晚会最热闹时，霜降领孩子们离开了。回到家，楼和院子都已熄灯。东旗在淮海的指挥下倒车。黑色奔驰在院子里显得大而笨重，“妈的这黑棺材！……”东旗脾气来了。

“倒！倒！”淮海令人眼花缭乱地打着各种手势，嗓子都喊裂了，“你倒啊，我这不是给你瞅着吗？笨娘儿们！”

“淮海，你个流氓跟谁说话呢？少拿我当你那些小娼妇吆喝！”东旗将头伸出车窗。

川南从楼梯走下来，“淮海，今晚牌还打不打了？东旗，这家伙输打赢要，活活一个无赖！昨晚赢了钱，今晚牌桌的边都不溜！”她又说，“嚷！嚷！把老爷子吵醒，明天谁也甭打算用车！”

随后，三人就谁使用这部车争起来。这是程家从来不得平息的冲突。有次，程司令去参加会议，预计在会议上发言，而发言稿却与议程对不上号。老将军让秘书开了车回家去换，车停在门口没锁，秘书刚上楼，车就被开跑了。等秘书骑了自行车把发言稿送到，会早已散了。秘书在厕所里找到将军，将军一个耳掴子险些将他扇进便池。程司令的警卫员和秘书少有不挨打的，无论打得冤或不冤，这些秘书、警卫员立刻会得到一纸程司令亲书的晋级状。有的老婆在农村，长期得不到城市户口，或者一家老少挤一间斗室，长期得不到住房分配，往往在挨了一拳或一掌之后，什么大小新老难题统统解决了。因此那些秘书、警卫员私下对人说：“只要程司令一拔拳头或一抽巴掌，我直怕他改主意。只要他拳掌一敲定在我身上，我心里就暗叫‘打得好’！”

第二天早晨，霜降仍到小山坡上拣绿豆，大江仍在小路上长跑。这回他只对她扬扬手，也笑，但笑得很生。他跑了没几圈就不见了。霜降走进小门，发现大江手叉腰站在门边。汗背心搭在一边肩上，背稍微佝偻。她从没见过这样不精神的大江。

“你在等谁？”她问。她希望听他答：等你。哪怕以他一贯的戏谑。

他却没有。没有了他与她一开初的胡搅和捣蛋。他笑得很有分寸，说：“不等谁。等你进来了我好闩门。”

一夜间，他怎么和她生分成这样了？她装不察觉地走过去，心却有些涩。

“霜降！”他突然叫。

她预备他这样叫的，却还是怔一怔。

“啊……”她回身，又那样略低脸，让眼深下去，让目光打着弯到他脸上。

“你怎么事先没告诉我？”他问，口气尽力地淡。

“什么？”她仍把脸那样摆着，很快发现没必要，他根本顾不上她有多动人，他在被一件事烦着。

“你没告诉我，我还以为你……我根本没想到你在我家……工作。当然，这没关系……”

她一下子什么都明白了。现在的程大江，是更正了他们之间关系的程大江，是个跟小保姆从不瞎扯胡搭的正派衙内，是个以调侃女佣为耻的少爷。他之所以跟她逗过，甚至调情过，仅因为他不知她是谁，他上了一记当。上了她的当，因为她瞒了事实。仿佛她那点痴妄被人看透并揭短一样道破了，她感到羞恼。她更多的是对自己恼，对那个妄为的自己——她的虚荣、好高骛远使她竟敢去做他的梦，使她真的有过窃取他好感的企图。那企图大胆到了如此地步：她竟以为那道原本存在的尊卑界限是可以偷渡的。

霜降感到一个很好的冷笑正在她脸上形成。她是笑给自己看的，让自己晓得好丑，从此不再哄骗自己。“那你把我当成了谁？”

她也得把冷笑给他：看你还敢瞎去拈花惹草！看她这个笑法，他话讲得更淡，说这院里常有八竿子打不着的亲戚来住：哪个嫂子的表姐妹，老爷子朋友的晚辈，孩儿妈的近亲远亲。总之，他邀个姑娘出去玩玩儿，跳跳舞解释得很正常、很平常，让她放心，他对她什么念头都没有。然后他说：“家里的小阿姨们都被淮海他们带出去跳过舞。”让霜降听起来，那意思是：即便带个小保姆去跳舞也不是什么丢人事。即便丢人，也不止他一人丢人。说完这些，他松弛下来。他实际上把自己给说服了：你是不是小保姆一点也不要紧，反正我没对你动过心思。这时，他对两个正打羽毛球的小保姆喊：“臭球臭球！要不要我给你们来个示范？”小保姆说她们不稀罕他的示范，他回头对霜降笑笑。

霜降没有盛接他的笑。你表演什么？表演你对女佣一律的不歧视？她扭身走开，听大江边打球边和她们耍嘴，成心声音朗朗的。她走她的路，心想：你有力气就接着表演吧。

几天过去，霜降的心已舒服过来，除却她瞥见他一掠而过的身影。她尽力不去看那身影。也很尽力地，她避免看自己的身影。浴室里有块你不得不照面的镜子，她总虚了眼走过去。不然她会看清一个修修婷婷的女子，光生生地束紧头发，衣着很寡淡。她会被那身影鄙薄或鄙薄那身影：就你吗？就你吗？你不就是你吗？你以为你不是你吗？你多么不一样，到头来还是一样的，你还是个和其他小女佣没什么两样的小女佣。不管你和不和她们同样地傻吃傻睡傻打扮，不管你喜不喜欢读书和想心思，你和她们完全一样，不一样的是你挣着一份额外的钱。你那么欣然地接受了孩儿妈传来的指令，每天去为四星送三顿饭。你也同样欣然地接受了四星的央求，每天陪伴他一小时。他花这一小时的钱，在这一小时里你得陪他东拉西扯，替他不断地变更家具位置，忍受他温存或暴烈的歇斯底里。你当然明白在这十元钱一小时交易之外的更大的谋图，那是你不可能给予的。四星不是平白无故在钱上吃亏的人。他尚未与世界隔绝到忘记一个大学教授的演讲不过十元钱一小时。与他的全家一样，四星在钱上绝不扯皮，落落大方地表现自己的贪婪、正义的冷酷，坦然地拒绝任何占他便宜的企图。因此，当他以十元钱一小时偿付你的劳力和几分俏皮温柔，你知道有什么正往这交易之外延伸。不是爱情，不是感情，四星已声明过他对人既没有爱也不会有感情。你暂时无法断定被个无爱亦无感情的男人深深搂住是不是该谢天谢地。你也无法断定无爱亦无感情，仅为了钱和一点怜悯去和一个男人亲近是不是下作。总有一天，你想毁掉能容下你的所有镜子，再也不要听它对你说：就你吗？就你吗？

那一天，你的那一点点非分之想就粉身碎骨了。等一等，那就是说，目前那非分之想还没死？起码没死个透？它在哪儿？在你眼里、唇上？在你无端的笑和惆怅中？它像最无价值的草，只需喂它一丝太阳两滴雨，它便苟活下来。它苟活在你的到处。仅“大江”这个名字就够喂它了。

“大江，电话！”

“大江，你讨厌，拿了我的书也不告诉我一声！”

“大江，你又不吃晚饭……”

这就够了。似乎每个人都有叫他唤他和他亲近的自由，就她没有。从他识破她身份那天，她就没了这份自由了。也正因为她没有叫他唤他和他亲近的自由，她仍是和人不同的。甚至他也懂得这个不同。那是在立秋后一个晚上。“霜降……”他叫她。

她一听险些落泪。她可怜自己这些天来变得多么忧郁；只有听他叫她时，她才知道和承认自己的忧郁。

“谁呀？”她装出那种没心没肺的快乐，“噢，你呀！”她走上前去，心里胡乱希望着。他站在花坛边，手还叉着腰。

“就这么呆站着，一会儿就让蚊子咬死你！”她说，咋咋呼呼地。

“我想问你……”他见她的脸迎着他的目光，便把目光移开，同时手指很随便地勾勾，让她靠近。有时，下午他坐在树荫下看书，手指也常常这样随便地向外掸掸，叫小保姆们把吵闹的孩子们从附近带开。这手势他做得那样省力却不耐烦。霜降突然意识到，他只向小女佣们用它。你有什么不一样呢？霜降问自己。

“我想问你，”等她近了点他问，“你到底是谁？”

霜降微动一下嘴，却改了口似的“哧”的一笑。仿佛他这个问题简单得或可笑得不值得她答一个字。

“你怎么可能是个小阿姨呢？！你说说看，你怎么会来做一个小阿姨呢？”

霜降想，他要再这样没道理地问下去，她就抽身走开。他却不来问她了，去折磨他自己。“这样的女孩，怎么会是个小阿姨？啊？”

“小阿姨比你矮，好了吧？我去睡了。”她哄他一样笑笑。

“小阿姨高矮不关我事。我是想弄懂，”他抓住她的肩，“你这样的女孩，怎么会成个小阿姨？！看见我们家其他的小阿姨了吗？她们才叫小阿姨！”她使劲扳开他的手，问他喝那么多酒要不要紧。

他说他根本没醉。

她说那就好。那就好好看看，好好认清她。认清一个乡下女孩，一份天生成的小阿姨材料。

他再次把手搁到她的肩上，像孩子一样霸道和委屈：是我的为什么不许我碰它？他手顺着她脖子移到她脸上，她躲，他便越发霸道和委屈。

“别站在这儿，”霜降说，“不然明天就有闲话出来了。”

“那你跟我走。”他拽她胳膊。

“我不跟你走，你自己走。你醉了。好好睡，明天一早就什么都想清楚了。”

他仍拽着她不肯撒手。她问他往哪儿走，他说就走走。他让她放心，他既不是淮海也不是四星。

花坛另一侧，他蓦地停住脚。只要稍稍留心，就能听见一只竹扇轻轻拍动的声音，似乎孩儿妈的每一个夏夜都消磨在这里。

“去叫她走开。”大江对霜降说，以一种权威性的口吻。

霜降转脸瞅他，月光中看见他的脸充满嫌恶：“叫谁走开？”

“我母亲。”他咬着、嚼着这几个字眼。

“让我去叫你母亲走开？！”

“对。”他手指又那样轻微地对她掸掸，“因为我想和你绕着这花坛散散步，我得跟你谈些话。我不想有人妨碍我，挡在我的路上。还有，我更不愿意和她讲话。”

这时，竹躺椅“吱呀”一声，孩儿妈十分悦耳的声音飘过来。

“谁呀？大江，是你吧？”

“嗯。”

“他们说你过几天要回学校了。”

“嗯。”

“他们说你长胖了些。”

“还好。”

“你不想到大使馆做武官了？他们都说，你……”

“妈，”大江嘿嘿地笑了两声，“您身体又不好，就别操那么多心啦。”他拿十分柔顺的声音说。

霜降惊讶坏了：她看见他在发出两声低笑时，脸上连半丝笑容也没有；尽管他嗓音那样和善，他面孔上的嫌恶、鄙薄、不耐烦却不断在加剧。她偶然地触了触他的手，不料这只手反扑似的，马上扭住她的腕子。他似乎尤其害怕她现在离去，把他单独撇给那个幽魂般的母亲。

“他们还说，你为四星的事和你爸闹得很厉害。四星总有一天要让安眠药毒死……”

“妈！”大江提高嗓门儿，“今天夜里外面好像不比屋里凉快。”

“是吗？我看哪儿都差不多。外头嘛，不用开电扇，不是省点电吗？你给我寄的人参太多啦，今冬吃不完，明年春就得生虫……”

“您身体还那样？”大江话里透出真切的体贴和关切。霜降却明明看到他已烦躁得忍无可忍，并由于忍无可忍，他几乎是痛苦的了。

“还那样。”孩儿妈的回答渗在一声似乎是轻松闲逸又由轻松闲逸派生出满足的长长的叹息中。

大江攥住霜降的手腕，示意她随他转身，离开此地。孩儿妈却说：“我这就回去睡了，你要想在这儿散散步什么的，也好有个清静……”

“您躺着不碍事，我上别处走走去！”他的话听上去十分快乐，而霜降在他脸上看到的却是咬牙切齿，“妈，您躺着吧！噢？”他死命拖着霜降到后门口，酒劲全过去了。

“你和人喝酒去了？”

“嗯。怎么啦？”

“没怎么。你没事我就走啦？”

她刚转身，他又扯住她。这回仅仅是扯，没什么热情。

“唉，我刚才对你挺无礼的……”

“你没有无礼。”

“我说小阿姨这个那个的……”

“没关系，我就是个小阿姨嘛。”

“你不像，”他笑一下，像是在笑自己的可笑，“我跟他们说你不是。我说你开玩笑说自己是个小阿姨，其实不是……”

“那我是什么？”

“是个大学生，就算从小城市来的。”

“你就这么告诉你的同学的？”

“他们不信，取笑我调戏小保姆。”他截住了更恶劣的话。霜降想象得出那是些什么话：程大江没材料屈驾去睡女佣啦，正房没娶先收偏房啦。她还能想象他怎样不愿被这些话毁，急得满嘴是谎。现在谎怎样也没扯圆，他找她来了。他找她是求她一同扯谎：他们约好去水库游泳、野餐，都约女朋友。“你告诉他们你是个女学生，他们会信你。”

霜降想，还要什么镜子？这人比镜子更忠实地反映着你是谁。又岂止他，每个人都可以在你面前和四周像镜子一样杵着，在那里面你连个修修婷婷的少女也看不见，看见的只有一具真相：一个小女佣。对着一具小女佣的真相，你怎么有那个勇气和力气硬说自己是个女学生？霜降没那个勇气更没那个力气。

她对他说："不。"她说出这个"不"字时自己也吃了一惊：这是头一次在大江面前没有搔首弄姿，没有发嗲。

听他一路吹着口哨走了。她拒绝也好不拒绝也好，对他都无足轻重，他不会有太久的不快乐。她想要快乐，但她不想要因快乐而生的不快乐。他再不会叫她，她再不会有被叫的快乐，因此她也不会不快乐了。起码不会有怕不被他叫，怕引他不快乐的那种不快乐了。

霜降顺着花坛往女佣们的屋走去时，发现孩儿妈的竹躺椅不见了。尽管大江没有明确抱怨她的碍事，她仍是知趣地让了路。有次，东旗带了个男朋友回来，晚饭后她吩咐某个小保姆去请孩儿妈走开，她好与那男朋友散步。另一次是淮海，他和老婆想陪着孩子在花坛周围玩捉迷藏，事先也叫小保姆去请孩儿妈让地盘。川南更爽快，吃晚饭时她宣布明天要来一位追求者，希望大家给点面子行行好，不要在院里"流氓土匪"地相互骂，她尤其威胁淮海，要再毁她的幸福她哪天非在他宝贝女儿的牛奶里下耗子药不可。最后她关照到孩儿妈："妈，您明晚是不是另找个地方搁躺椅？不说别的，就您这脸色，我都没法跟人家解释！"似乎从夏到秋，孩儿妈那张躺椅就这么出出没没。

快乐了的霜降忽然想到，孩儿妈或许是这世界上顶快乐的人。从很早很早，她就从一次彻底的不快乐中彻底快乐起来了。她的情人被她的丈夫除掉了，她放心了——她所能预想的最坏的一件事已发生过了。她从此不必再去想自不自杀、逃不逃走之类的事了。再不必去讨好丈夫、孩子、用人，去等着他们来喜爱自己、敬重自己了。她甚至不必担心人会去打扰她。她躺在那张竹躺椅上，一点点地吮嘲很长一段快乐：她在那个文弱秘书怀里做了一回真正的少女。他是那样走进来的，她是那样迎上去的，头一回，他们就相互看得太长，看出了他们日后的故事。他们就这样看，看，看得一句话都不用讲了。她是自卑的：我已经这样不好看了，你还看我什么呢，我的乳房哺育了一群孩子了。他也是自卑的：我没有地位，你爱我什么呢？我可能连一个孩子都不会给你。你会的，你会的，你会的。像她的丈夫没够地要她一样，她也没够地要他。人们只毁掉了她彻底的不快乐：心悸、冷汗、垂死挣扎一样的交媾以及交媾之后死一样的疲惫，快乐却被遗漏下来。她躺在竹躺椅上，让快乐像他一样触摸她，每个触摸都是首次的、初夜的，每个触摸都让她感到自己是秘密的、娇羞的。

霜降在脱衣上床时，突然发现自己的身体也变得那样秘密和娇羞。大江碰过了她的肩、臂和腰肢。她把他得罪跑了，没了的真的是不快乐，快乐真的被遗漏下来。快乐一旦被启开，便跟他没关系了。它在悄然中触摸她，她感到自己秘密的、娇羞的身体本身便是快乐，一个一旦被发现就永远不离弃她的快乐。

五

秋凉时，程家院的砖墙换成了钢筋栅栏。霜降注意到在围栅栏的同时，原先离墙外围两米的几棵夹竹桃树变成了院内一景。曾经，老将军常常站在墙里朝那些夹竹桃引颈。据说他早先没戒烟时，他会对着它们“滋溜滋溜”地燃几支烟。后来戒掉烟剩下酒又常对它们“滋溜滋溜”地喝两口酒。现在，在霜降眼里，他仅是在清晨“呼哧呼哧”地对它们喝茶了。程司令请了好些园丁帮他去四处扫觅同样花种，但从未成功过。那几棵夹竹桃开的花是深红色上面带有乌黑斑点，每朵花都像老戏中的脸谱。终于有个园丁让他死了这念头，那花之所以有奇色是因为它们生有某种根茎病变。这种病使花色变得血滴滴地红，瓣上黑色纹样斑点则是霉。花的主人曾经是程司令的副手，二十多年前就故世了。按规矩，将军一死，将军的妻子、儿女就不再享有将军的特权，如楼房、汽车等。将军遗孀与儿女必须在一年内挪进平民宅子。程司令当时动了恻隐之心，特许寡妇、孩子们继续住那座“将军院”。后来其他将军院扩建、翻修了若干次，程司令家从最初的两个卫生间扩展到现在的四个，浴盆的样式、质料换了十多回。唯有与程司令家相邻的故将军楼渐渐暗了色，斑驳了墙壁。它不像其他将军楼夏天撑出白色遮阳伞，冬天暖气锅炉的烟囱没断过气。故将军的孩子们在楼里成家立业，嫁娶的多半是平常人家的儿女，楼里的抽水马桶锈住了，厨房设备也破旧得不堪使用，以致每个儿女都在自己门前圈出一块地支架炉灶，堆放蔬菜、粮食，整个楼因此变成一座贫民窟。甚至连院墙上的砖都被渐渐抽出去支炉灶、垫家具。程司令曾与故将军的儿女们商量，要将这几棵夹竹桃移走，他们马上同意。似乎在温饱上有问题的人雅兴也小得多。移栽的事究竟没成功。老园丁说，既然这花歪打正着地得姿色于病害，若移栽了它，要么它死，要么它变回一般颜色。这次恰逢将军重修院墙，也恰逢隔壁院墙倒塌干净，花很顺便地就进了这个院子。

“霜降！”老将军叫道。她端了洗净的衣服出来，在门厅仅站了不到十秒，他便觉出她。他的脊背有种特殊的感应，只要他对一个人稍加熟识，它就会辨识那人的靠拢或远去。他的孩子们也得到这功能的部分遗传：四星在他的车尚有一两里距离时，就拉拢窗帘。只要他的车刚进大门岗，尚有半里才到此院，他的所有儿女便立刻进入警戒状态：拧轻音乐，停止打骂，清理酒后狼藉。这时，所有人都会迅速放弃届时的敌对立场，变得默契和团结。

“小女子，你来看这花？”

“我常看的！”下面的话她想讲却没讲：看长了，它们红得你怕。

“奇花异草，它们就算是了。对吧，小女子？”

“对呀，首长。”她说，同时往绳子上飞快地搭衣服。这绳一直牵到楼拐角，到了那里，躲开他既容易也自然。

“你别走。”将军说。他不仅识察她在他背后的动作也识察她的企图似的。多年前，那位与他妻子暧昧一段的秘书，显然就这样被他的背瞄准的。

霜降朝这张宽阔的背走过去。这张背上中过六颗子弹，那些弹孔疤痕的分布像一局残棋。怎么会在背上挨枪呢？一说是他早年被俘，逃跑时敌人从背后开的枪；一说是他对下属过分严厉，动不动军法从事（或喊叫“军法从事”）被某下属报复了。也许正由于这些枪伤，他的这张背变成了他的一套额外的传感器官，别说打手势，就是在这张背后谁向谁丢眼色，都不会瞒过他。有次他在饭桌上对他儿女们说，现在党里和社会上都有人在企图否定社会主义，名义上叫“改革”，实际上是想拿私有制代替社会主义分配制度，不过他们长不了，红旗是不会倒的。说到“红旗”，淮海在他背后朝东旗做了个对眼，东旗装没看见，父亲却拍拍桌子：“淮海，你不要在那里捣鬼！有话你给我搁到桌面上说！”

“我没话呀！您的话百分之二百正确……”

“你当面叫我爸，背地里叫我僵化顽固老爷子，你当我全不知道？”

“您问问他们，我什么时候……”他指着众兄弟姊妹。

“他们不比你好多少，他们跟你串通一气地阳奉阴违，没有一个好东西！”

川南这时半带赖半带笑地抗议：“爸，您怎么腰里揣副牌，跟谁都来呀？”她啃着个鱼头，嘴唇熟悉地分泌出透明的碎骨。

“我可是拥护社会主义的！”

“你拥护？”将军的话稍慢下来，“最新中央文件是第几号？哪号文件讲到文艺界的资产阶级自由化倾向？”

“咳，我这脑子从不记数字！”

“你的脑子什么都不记！”老将军打断她，“不读书、不看报、不学文件，加上不学无术！”他指指全体儿女，“你们统统一样，是些虫！”说罢，他站起身走了，饭剩在桌上。

淮海做了个戏剧性苦脸表示痛心，又被老将军捉住。他在饭厅门口突然回身："淮海，你个杂种再给我装神弄鬼，明天你不要进饭厅，我不开你的饭！"

他走后许久，众儿女都没敢再不规矩。确信他真的离开了，东旗深奥地说，一个人从背后受过致命伤害，他的一部分知觉、敏感、警觉，甚至意识都会转移到背上。这就是为什么老爷子有个洞察一切的"遥感背"。

"遥感背？"霜降觉得这名称有趣。那么四星该是有副遥感神经了。他不仅能判断父亲地理上直接的逼近和离远，还能判断心理上非直接的逼近。一天晚上，他突然问霜降："老爷子怎么你了？"她问什么叫"怎么你了"。他盯着她好一会儿，又问："他碰过你？"她否认。她没有把握她是否让他信服了。

那算不算"碰"呢？那"碰"当中有没有邪恶？霜降弄不太清。一个月前，霜降照管的孩子中有两个被程司令的大儿子和儿媳妇接到国外去了，川南跑来跟她谈判，说是她拿同样的工资而工作量却减掉一半太说不过去，在所有小阿姨中间也难摆平。川南派给霜降的活儿是：每天帮她收拾屋子，洗几件衣服，再变花样每晚烧个风味菜给她吃吃，比如油炸臭豆腐、韭菜炒螺蛳。程家是不用洗衣机的，既然已开销在人力上自然要在电力上省，省回多少是多少。再说程司令不信任洗衣机，认为机器不会洗衣服只会咬衣服，好衣服两年就给它咬烂。而川南的打算在父亲那儿触了壁。父亲说：“自己想请用人自己花钱吧。”于是霜降从孙管理那儿得到指令，让她每天帮程司令刷浴盆。程司令自己的卫生间与他的书房连着，这样霜降必须花更多时间出入将军的书房。虽是遵命刷浴盆，却不断被差了去研墨、沏茶。有时，将军会督她读书甚至也写几笔字。她写字时，将军便从她身后伸过臂，攥住她握笔的手，示范她如何如何动作。每当示范，将军不得不将全部体重依在她身上。似乎还是不得已的，他纾开全副襟怀，环住她，囿小小的她于其中。她不敢说那身体别无用心。她甚至隐约感到那衰老身躯中的激情，虽缓慢却汹涌地冲着他。她多次试图脱身，而他却以更沉重的压迫抑制了她。他喘息得比平时重许多，对她说最要紧的是给笔头以分量，笔头伸向哪里，就要像刀尖捅到哪里，捅破戳穿一样狠。还像什么呢？将军又深深喘息着比喻：像犁头豁进处女地。运起笔来，你若感到笔有千钧，并铁硬起来，那就到了功夫。她感到那颗衰老的心跳得很响，响得震人。

霜降放慢了晾衣速度。将军的背在瞅她，她是暂时脱不开身的。将军品茶的同时赏花，那阔大的背显得很惬意。他每早靠饮茶和痛骂各类不顺心的事来清理喉咙。比如骂他的儿女，骂当前社会上的不正之风，骂头头们某项不明智的决议。骂过，他痛痛快快地吐一阵痰。这时他已朝花丛下的草地吐尽了胸中淤物，阔大的背舒张得更加阔大。当霜降第一次将手搁在这背上时，他就说它们实实在在是一双小女子的小手。那时他的浴室再一次被翻新，换了个极大的长方形浴缸，浅灰色；所有墙壁和地面的瓷砖都被换掉，换成浅灰带浅红絮状纹样的人造大理石片。如同将军的书房，这浴室的装潢也是请专家设计的，全部装潢竣工后，将军又自行设计了些装置，比如搬进一面椭圆形四周有雍容而烦琐雕花的中式穿衣镜，还添了几折“松鹤牡丹”的屏风，色彩喧宾夺主地艳，使整个淡雅的浴室顿时全跟着躁动起来。将军头回唤霜降进浴室时，说是要对她进行一回红军革命传统的教育。她一脚踏进浴室，看见将军的裸背出现在浴盆中，唬得一动也动不了。将军直叫“进来、进来”，直说“没关系、没关系”，还告诉她“保健护士都得干这工作”，透过屏风，她看见那浴缸里杵着阔得遮天盖地的脊梁。在他的催促和鼓励下，她走进屏风。她不敢问这个脊梁和“红军传统”有什么相干。他没回头看她，用背也看出她的困惑似的，告诉她“革命传统教育”就在这张背上。他问她是否看见那上面有特殊东西。

她答是些伤疤。他说那是五十年前，他从被枪杀的、如山的红军俘虏尸体中爬出，企图逃命时挨的子弹。他当时滚下了河堤，一路血爬回自己的队伍。一路上，他只靠手指抠起的马兰头、荠荠菜填肚子。还靠了替穷人打天下、夺江山的理想信念爬了五天五夜，找到了自己的同志。那一路他差不多把血淌干了，因此两只耳朵变得像蜡纸一样透明。在霜降替他搓揉脊背时，他感慨：小女子，你今天的好生活不容易得来哟；革命不容易哟；那真是把脑壳掖在裤腰上哟！一千个红军中，只有一个能像他这样活到如今，能看到穷棒子泥腿子赢下江山。霜降当时想，假如所有的红军都活到如今，每人都要造这样大个澡堂子，不知还有没有地给乡下人去种。她尽量把目光固定在他背上，以他那些英勇故事维持她对这个赤裸脊梁的敬畏。他又说，我身上还有几处伤在别的部位哟。霜降忙说，我知道，我知道，革命胜利是每块像这样的伤疤换来的。她手越来越重，仿佛要捺住他阔大的脊梁；她害怕这个赤裸的老年男性会从污垢的水中突然站起，转向她，将英雄主义变成一种苍老的、近乎泯灭的欲望。她担心的事没有发生，至少到目前尚未发生。他仅仅让她一遍遍揉搓他宽大的背，一遍遍讲着他的伤疤的故事。直到她揉搓得他嗓音发钝，呼吸拖长，他会对她说，他要在浴室里打个盹儿，她可以离开了。

老将军吩咐霜降劈下些花枝插到他的书房去，说它们反正要谢了，风一大都刮到了土里。这时，孙管理不知何时已悄然出现在花的另一侧。

“好花！”孙管理稍稍倚斜着身子站在那里。霜降动手劈花枝，劈下来的枝没剩多少花瓣在上面。程司令直叫：“莫手重，莫手重！”他也常这样叫，当她替他擦背时。无论她的手指怎样无关痛痒地触到他那些伤疤，他都会说她手重，仿佛伤口仍鲜着、嫩着，通着他的心痛着。他甚至会喃喃地说：“你狠啊，小女子！都狠着哪，都怨着哪。”她想不懂这个“都”包括了谁。包括那个终于与父亲闹翻，扬言永不回家的大江？大江不只为四星一件事和父亲吵，也不只和父亲一个人翻脸，他跨上自己的摩托车时对整个院落说：“肮脏！丑恶！”他诀别的仿佛是这院落中的每个人。那个“都”一定包括了四星，四星是父亲身上一块不被看见却顶丑的伤。父亲为它失却不少理直气壮和骄傲，谁若想在政治生活上伤害父亲，只需照准这块伤戳。这块伤是将军无力护住的。还包括孩儿妈吗？孩儿妈已如此知趣地躲在自己的角落，难道她仍提醒丈夫她的不忠实曾使她美丽过一段？那真是耀眼的美丽，那是种丈夫呼唤不出的美丽。

“手莫重嘛！”程司令再次说，说得像叹气。不知为什么，他的书房总插不上花。花若不在被采时凋落，就会很快落一层瓣在他桌上或地上。他总怨人手重。

“好花！”孙管理第二遍说。若不理会他还会说三遍、四遍，直到程司令对他的阿谀怜悯。即使他的阿谀自始至终被罚在那儿站着，他也从来没不高兴过。

程司令看看他，垂下眼皮：“讲吧。”

“三件事跟您汇报。”孙管理顿住不讲了。十来秒钟后，他将断定他当不当讲下去。若程司令掉头就走，他就得再来一趟。

“头一件，”孙管理继续讲了，口舌快起来，似乎趁这段风调雨顺的时间多劳多获，“幼儿园还是不同意搬家。它不搬，游泳池没法子动工。”

“按原计划动工。”程司令轻声道。

“有您一句话就行。设计图已制出来了，您的意思是把它单独圈上栅栏，还是把它圈进您这院子？”

“圈进我的院子。”

“您是不是再考虑一阵？”孙管理稍加犹豫，又说，“上次李副总长占了一亩农田修了那个网球场，下面哄得挺热闹。”

“他？他个暴发户，升到副总长又怎样？上回见他，他上来跟我打招呼我给他什么话？我说：你个狗日的，出卖我的部队，怎么样，你没得逞吧？他有什么话回我？脸都气白了还跟我笑，他去占田霸地修他自己的网球场，当然给人骂！我第一本来就有游泳池，现在不过是扩建；第二，这个幼儿园离我太近，我嫌吵！它不搬只好我搬。我找个清静宽敞的地方，盖房子修游泳池，看看国家得多花多少钱！我要不为国家想，早就搬走了！”

孙管理一抖腿，身体倾斜成另一个角度：“您说得太正确，我一定去纠正纠正那些人的脑筋……”

“说第二件事。”

“第二件是：孩儿妈说她花钱给四星装一部电话，买一台录像机。您看，我直为难遵不遵她的命。四星虽说有刑在身，但他毕竟是您的儿子……”

“慢！谁是四星？我不晓得哪个叫四星。”

孙管理身体斜过来斜过去好几回，笑笑道：“您这不是为难我吗？孩儿妈催我催得死紧……”

“让她来催我。说你的第三件事。”

“这事重要。中国美术馆要举办个退伍军人画展，其中有几幅退休老将们的作品。筹备会请您写幅匾额，准备把它挂在展厅门口。看您有没有工夫……”

孙管理见程司令踌躇满志地沉默了，哈哈腰道别，嘴里不清楚地说着“您忙吧，您保重，您有事吩咐……”之类的话，一面匆匆离去。走几步，忽然又想起什么，折过身叫道：“唉，程老总！”

人传说“程老总”这称呼要么引他狂喜，要么引他暴怒，全在你前面的铺垫。前面铺垫坏了，他便听出讥嘲：我是谁的老总？总什么？前面铺垫得妥当，像孙管理这样，他便听出狗一样的忠实：即便您又腐又瞎，沿街乞讨也是我的主子，我的“老总”；不论您真“总”假“总”，对我，您是绝对的“总”。

孙管理甚至对局外的霜降也给予了“狗里狗气”的一瞥。

“三件事不是都讲完了吗？”将军显得不耐烦地说。孙管理马上听出他此刻有多耐烦，这种耐烦只有他与孙儿、孙女以及漂亮小护士、小女佣相处时才会出现。

“第四件事嘛，是件芝麻绿豆大的事。”孙管理说着拧拧颈子。霜降从此知道男人也会撒娇，“您知道我这腿是因公受的伤……”

程司令：“又叫你退出现役？”

“这回不是。您看，我这腿这样，给我个三级残废待遇也太次了吧？”孙管理说着给霜降丢了个眼色。要她去还是要她留，她吃不准。“您知道，不论您在职还是在野，说句话就跟中央文件似的……”这时他用话拦住要走的霜降，“对吧，小女子？”

程司令也转向霜降：“说是他给我当差，到头了我给他当差，我这一辈子就让你们这些鸡零狗碎的事烦死！去写张状子来！”他似乎明白自己在上当，却上得情愿舒服。

下午 3 点，东旗吃她的早饭时对霜降说：“以后谁来和老爷子说话你马上走开。他们就是冲你来的。”

霜降唬一跳：“冲我来什么呀？”

东旗脸上没表情，眼稍微眯细了，出来活活一个孩儿妈。“孙拐子也想拿你哄我们老爷子，王八蛋！你要是再让谁拿去当糖，填老爷子的嘴，我可是会请你走的。下次有人来和老爷子谈事情，你马上离开。离得开也离，离不开也离。至于老爷子教你什么书法，差你做这做那，我管不着。只要没第三个人在，老爷子和你之间的事谁也管不着。懂了吗？我这也是为你好。”

霜降只得点头，心想她今天错过了六嫂，只有另找伴斗嘴了。

“你多大了？”东旗突然问。

霜降说她十九岁。

东旗不吱声了，过一会儿又来一句："谁教你这样打扮？"眼神很难猜。

霜降带点求饶地看看她。其他小保姆常常说："霜降，你也太不打扮了。"小保姆们可怜她连双高跟皮鞋都没有，天天穿白帆布护士鞋。她们对她说："我借你这副耳坠子吧；你穿上我那件尼龙丝衬衫才好看！"

"长得漂亮又这样打扮，你不是给自己找麻烦吗？"东旗见霜降要走，话撵着，"大江约你出去，你也去，你倒真不怕吃亏呀！"她微微笑了，认为给霜降的折磨大致够了。

这时，淮海闯进来，问东旗："有美元没有？急用急用……"

"有啊，你干什么？"

"我老婆要报名考'托福'，借二十块，我下礼拜还你！"

"不借。"

"妈的，二十块都不肯？"

"你老婆考'托福'？她那一小脑瓜的香瓜瓤子？还不定拿二十块美元作什么死活呢！"东旗掏出手绢擦嘴。

"你他妈的不借别那么多废话！"淮海说，脸上没什么怒气。他退后两步，又转向东旗："我早晚扯大耳巴子扇你！"

“你他妈的试试！”东旗把手绢拈在指尖上，“我这脸搁这儿了，要扇趁早，不然你那纵欲过度的身子骨可扇不动谁了！”淮海已小颠着出了饭厅，东旗追着他说：“我差点忘了，你上回从孙拐子那儿买的表，是六嫂卖的，孙拐子上下一趟楼，就从我们家赚走几十块！”

淮海高起嗓门儿：“操！”

“上六嫂当你难受什么？你又没跟她少眉来眼去！”东旗笑道。

“孙拐子再往这院子拐，我得打他出去！”淮海骂骂咧咧走了，跨上自行车，醉汉一样晃出了门。

幼儿园和程司令的游泳池只隔一道栅栏。霜降比一般时间早半小时来到空荡荡的游戏室，等接孩子的钟点。她越来越怕在这里出现。自从程司令家要扩建游泳池挤掉幼儿园地盘的消息一走漏，孩子的家长们常聚在一块儿讲程家许多难听话。当着程家人面，他们仍有敬有畏，马屁哄哄，但只要发现程家小保姆，他们话也有了，胆也有了，知道小保姆们不敢把原话传回去。有回，他们当着霜降的面议论程司令，说一个土埋到眉毛的老棺材瓤子修什么游泳池，水不淹死他也呛死他。另一个说，老棺材瓤子跟女人玩不动了，就充个排场摆个派头，他恐怕连水都不会沾一下。第三位参加进来，说，你们把老棺材瓤子瞧瘪了，谁说他和女人玩不动，摆个嫩的到他面前，看他玩得怎样。人都看着霜降孬笑。初时霜降会以牙还牙地孬笑回去，后来也累了、烦了、惯了，翘翘下巴，耷拉下眼皮：就浪给你们看。这种时候他们会泄掉些情绪，转话头去议论程家别的什么，比如程司令那本自传。据说他修游泳池用他自己的钱，他写的那本自传得了不少稿费——有人这样说。他会写自传——写恁厚一本书？他搜罗了几个文人，憋在香山部队老营房一年，活活给他憋出一本自传来——有人那样说。

“一本书能卖出多少钱哪？”

“靠那点稿费修出个游泳池恐怕还没有他的澡盆大！（人们已传闻程司令给自己修了个‘贵妃池’）还不明摆着？这批老家伙要什么，上边就给什么，每年都给他们基本建设经费，随他们拆了围墙修栅栏，拔了李树种桃树。不是有个老家伙修了全套地下防御设施，又在围墙四周修了炮楼，胡闹到这种地步，中央纪委也不查问一句！”

最终人们会回到最切身的问题上：“现在看看吧，幼儿园上百个孩子也得给他让道，挪远了地方，每天接送孩子有多麻烦！”

“告他！”

“告得赢他？”

“告不赢也告，过过瘾！”

“告不赢你就倒霉啦。上回告程四星的那个参谋后来怎样？程四星被宣判了、戴了手铐了，半年不到他老子就把他保回家歇着了，什么手铐啊、公审啊，都是做戏！那个参谋呢？当年就被调任，第二年就脱了军装回老家了。告他，他马上搞一伙人拿放大镜在你的档案里找纰漏！”

很多时候，他们还会飞短流长到程家儿女：程淮海打小就去撩小姑娘大姑娘的裙子，连他妹妹川南他都不饶。川南看样子嫁不掉了，越老的处女越作怪。哪来的老处女啊？程家过去的老保姆传出来故事，说那个川南是半个白痴，淮海跟她做了什么，她光荣似的巴不得人人都知道。程四星呢？他是蔫土匪，什么坏事他都下得了手去干，干什么都不露声色。

“听说当时开杀戒，平平民愤，四星就是一个。初判出来，程老头子说：‘我儿子要真有死罪，我是服国法、军法的。’做出一副包公不徇私情的面孔。只要他能沽名钓誉，他什么干不出来？他可以亲手杀了他儿子演苦肉计！再说杀掉一个他还有八个，他在乎那一个？”

“程四星一向受程老头子虐待。看不出来吗？四星长得有些像那个秘书！”

“怎么会呢？程夫人跟秘书的故事是程老头子疑心疑出来的，恐怕他自己有成把抓的情妇，找个借口把夫人废掉。”

“故事不故事，反正都是那院里的人传出来的。都传程家有过第十个崽子，没出月子就死了。那个才是秘书的种。除掉了孩子、秘书，程老头子开始怀疑其他孩子也有不姓程的。九个儿女，就四星相薄，又文弱，老头子就看他不顺眼了。程夫人死都咬定四星是老头子的。怎么办呢，只有容他活着。”

“程四星怎么会不像程老头子？我怎么看他怎么像，那双眉就是他老子的。再文弱，再蔫，他干什么都像他老子一样心狠手辣。只是比他老子棋高一着，头回打击经济犯罪，他一得风声就代表他那个半官半私的公司捐了五十万给儿童剧场，几家大报马上发了消息。紧跟着，他又捐给残疾人基金会，其实那时候他知道有人已经在盯他那几把不开的壶了。他贩军火那么大的案子那次就没发。换了程老头儿，他第一没魄力犯那么大案子，第二犯了案子他也绝不舍得捐这个几十万、捐那个几十万。他宁可捐亲儿子出去。”

“谁知是不是亲的。他怎么不舍得捐程东旗、程大江？”

“他恨不得把程大江做成块奖牌挂在胸口上！他到处跟人

说他小儿子上军校是自己考的，考上后一直不跟任何人提到他父亲是谁。屁呀！顶多同学里头暂时猜猜他的谜，军院那种地方档案多严谨，别说程大江的父亲他们在头一分钟就清清楚楚。他父亲的父亲是谁，他们要不了多久也搞得清清楚楚。程大江若想瞒掉他老子的身份，恐怕是他嫌老头子名声太大又不都是好名声。”

“前阵程大江回来过假期。这小子脸上看倒是正正派派，像个人模样。见了脸熟的，他还点个头，笑笑。有回一辆军车在营门口撞了个老太太，他手掐着老太太断腿上的动脉，抱老太太上了车，弄得他一身血。程家有个积阴德的，往后老头子一蹬腿，总不会招人恨得把那院子点了。”

“听说是这回程老头子跟他吵翻了，两人以后谁也不认谁了。”

“程家这种谁也不认谁的咒赌太多了！上回程老头子大骂程东旗做洋人娼妇，捉了女儿回来，逼娼为良，要她守那个裙带婚姻的诺。那时不也闹到父女相互不认吗？后来大家都还姓程。你当面骂程老头子试试，程东旗肯定跟你玩命。有回一个女人赖在军营门口，说是程司令二十年前答应过要娶她，那时她在贵阳的军区首长楼做服务员。二十年，程司令一点音信不给，给的就是六十元的汇款。那女人坐在门口哭天抢地，警卫营的兵上去拉她，她就威胁要脱裤子；拿枪唬她，她就把胸拍得砰砰响，喊：‘开呀开呀，二十年前我就想死没死成。’东旗恰巧进营门，见了她笑起来，说什么什么娘娘你怎么在这儿呢，好多年没见啦，来，我带你回家。她把那女人装进车。她那天正开了她爸爸的车，直接送到公安局收容所去了。女人手里捏的那张汇款单，据说是程司令亲书的，当然被她撕了，要么烧了，反正那女人再到营门口来闹的时候，什么证据也没了。东旗这下气粗粗地对警卫营长说：‘一个女疯子，诬陷首长，诋毁我父亲的名誉，你要不官办，我就私办了。’女人就此没了，再没人见过她。不知被官办了还是被私办了，也不知被怎样‘办’掉了。程东旗不是不明白，她被父亲捐了出去，捐到那桩联姻里去了，但她恨她父亲跟你恨他父亲绝对不一样；她怎样恨都行，你怎样恨都不行，你一恨，她马上就姓起程来了，马上就忘记她父亲坏她的名声、毁她的幸福了。”

当这些话在耳边聒噪时，霜降想模糊听觉都办不到。这些就是最适宜被人听进去，又被人传出来的故事，不必夸张编纂，听进去再传出来，话自身就变。仅仅孩儿妈与那秘书的故事就有好几个版本，并且程家院里的版本和院外的版本绝不一样。院里大致承认孩儿妈有那笔风流债，院外则怀疑她或许无辜。院里对孩儿妈鄙夷，院外更多的是同情。

有天晚上，霜降对四星冒出一句：“人家说程司令不是你的亲父亲？”说完，她就后悔。虽然她与四星已很亲近，但这话冒出来，她就定了心等四星恼。怎么会出来这么没档子的话呢？当了女佣若学会嚼舌头根，再学会偷嘴和扯谎，一辈子就是女佣的命了。霜降相信自己的坏不属于女佣。她赶忙将眼一垂嘴一抿，去掉了那种女佣的典型表情——她们一嚼舌就会像吮田螺、嘣鸭脑壳一样挤眉弄眼，满脸跑着味道。

四星却没有很强烈的反应。他摆扑克牌的手稍一顿，摆得反而更流利油滑。“他是我老子。两年前他偷偷找医生验过我的血。不然他早就借别人的枪把我毙了。”四星笑起来，眉垮着，像笑最蠢的笑话，“我怎么会不是他的种呢？还用验血？我打心底里明白我是他的。我小时候，家里那个厨子杀鸡老杀不利落，我两根手指一钳，鸡脖子就断了。钳的时候心里有种奇怪的惬意，身上的一股狠劲、毒劲一下子跑了出去，那一刹那我不是我，是我爸爸。”他伸出两根手指，用力空空一钳，看着听糊涂的霜降，“看看，他现在在不在我身上？每当我发狠、在学校里想往人最痛的地方来一下，我发现我不是我自己，是他在我身上。”

霜降觉得他的声音和模样都立起来。

“看见他在我身上吗？”他两根手指渐渐长起来，钳住霜降的下颌。霜降蓦然看见，他果然在他身上。有两根苍老许多的手也一模一样地伸长出去，老年性震颤也没妨碍它们的准确和力度。它们并没伸向她，伸向夹竹桃枝子。有回，它们像四星那样一钳，一支笔杆断了。那时他正好好地教她写字，胳膊从她身后环到她身前。霜降开始躲四星的手，四星不值得她这样拼命似的躲，她躲的是在他身上的那个人。“我知道，你看见了：我不再是我，是我父亲。我心里一有那股狠，想毁个什么，想弄死什么，我就知道他在我身上。也许我其他兄弟姐妹有不姓程的，但我知道我绝对姓程。”

他手缩回去，停了半晌，才又去摸牌。

就是那天，他问她：“老爷子碰过你吗？”他那样抬起头，像是满地摊着的牌向她告了什么密，他的眼在说“怪不得”。他话倒问得清淡，眼却说：怪不得你从我身上认出了他。

霜降就在那天意识到自己非常非常地不幸。一些触碰把另一些触碰所引发的秘密而娇羞的快乐驱逐了。她动了怒去否认，对四星，也对自己。

“你疯啦？怎么这样去想你父亲？他论岁数能做我爷爷了……”霜降眼泪也要出来了，“我是什么东西？你也碰得，他也碰得，是吧？”她的泪让四星头一次不带轻浮地温存了她。

其实，那天晚上她不是否认，而是带着抵赖地承认：我是什么东西！你也摸得，他也摸得！淮海就这样理直气壮地、充满不平地大声问：“四星和大江碰得，就我碰不得你？”那回她在楼梯上与他撞上，他顺手拍拍她的脸。他在她躲他时那样磊落地扬高嗓门儿，假若有第三者在场，他准拉了他来评理。他那毫无鬼祟的放荡使你对自己看了个透：你就是这么个东西，人人摸得。他似乎还告诉你：男女之间就这么回事；人人都想碰，人人都想被碰，人人都在抵赖这个“想”。相互“碰”的事时时发生，不过有明暗而已；暗碰就需要什么东西遮在面上，比如爱啦、理解啦。什么爱呀、理解呀，都是对“碰一碰”的抵赖。男女无非是碰来碰去，碰长碰短，这样碰那样碰。

有了大江的碰，你就认为你鲜嫩得别人再碰不得？霜降从心里将自己全身打量着。大江的碰，也只是“碰一碰”，也许比淮海的更简单，连男女的含意都没有。你全身娇羞的、秘密的快乐有什么来由呢？没有了快乐的来由，那么不快乐的来由也对称地消逝了。她却仍对四星、对自己抵赖：那个老年男性没碰过我！

他那样将身体压在她背后，那不叫“碰”：他仅仅在教她书法。

他泡在浴盆里，让她搓揉他的背，那不叫碰，他仅仅需要个干清洁或保健的劳力。

那么那回呢？她照例跪在浴盆中洗刷它。她纳闷，这只浴盆她每天都刷得极精心、极卖力，一点污渍都不放过，而第二天又会有大量的、牢牢黏在四周的、似乎陈年老垢的污渍可供她刷洗。她得刷到浑身的汗湿透身上的短裤褂。她专为洗刷浴盆换上它们，它们旧，已薄得透明，来苏水已将颜色腐蚀斑驳。门被轻叩几记，没等她反应，程司令已进来了：“今天热啊，小女子。空调出了故障。”

他从来不在她刷浴盆的时间进来。在异常时间出现的他也显得异常了。他显得很大，大得团身跪在浴缸中央的霜降自觉小了许多。

“您现在要洗澡？”她觉得自己也异常，不然他怎么会那样看她。

将军忙摆手。“你热成这样，就在这里洗个澡吧。”他和蔼地说。他没有问你：洗不洗？好吗？怎么样？所以他不等待你说“好”或者“不”。他转身出去时说：“我这个澡盆哟，就是在洋人那里，也算先进哟。”

他替她关上门，“咔嗒”一声，证实了它的严实。她仍是跳起来，瞪着这扇无瑕无疵的门找它的门闩。忽然想到门闩只属于那些乡下的门：木的、铁的，又粗又重，防贼防盗防野猫子。这里哪来的门闩？防谁呢？她却感到有更不胜防的东西要防：要把所有的意外都防在门外。她找到的只是一枚纽扣似的东西，一按，它也“咔嗒”，却较之前一个“咔嗒”弱，欠果断，理亏似的，半推半就似的。

她一步步退回来，眼盯着门脱衣服。门好好的，门外的一切都如常。那枚小纽扣果然有门闩的功能。她仍是用双手护着身子，跨进浴盆。这时门一声不吱地开了。那个小纽扣不是门闩？或许她不懂怎样使用它？

将军站在开着的门外，很慈爱地看着她。

她“噢”了一声，像那种狂呕的人发出的又闷又深的声响。她尽力将自己折叠得紧些，让上半身和下半身相互掩遮和保护。

“这是新的毛巾。”将军走近她，不与她大瞪的眼睛交锋。

他将毛巾搁在浴盆沿上，脸上带着笑离去了。笑是笑她小孩子式的小题大做：我这么个年纪，稀罕看你吗？他又替她关好门。

她看看盆里的水涨高，却仍将自己抱作一团，像只防御中紧闭的蚌壳。她对自己说：没事没事，他只是送条毛巾。她抓起毛巾，开始擦干身体。门却再次无声息地开了。这次她已站在浴盆外，失去了水的掩护，无助无望得像条晾在岸上的鱼。

“这是好的香皂。”将军根本不去理会她眼里有多少不解、惊恐、愤怒和委屈。他一步步逼近她，没有半点理亏。

她再次蹲下，非常狼狈、尴尬、可怜巴巴地对他说：“请您出去，我已经洗完了。”

他说怎么没听见水响就洗完了？哪会洗这么快？该好好洗一回嘛。

她怕自己忍不住会对他讲些刻毒话，甚至蹿起给他一记耳光。但她宁可不报复他，她不愿再暴露一次自己的身体。

将军对她的不友善无任何计较，像对待一个瞎闹脾气的小毛孩，他又笑出一个上帝般宽宏平和的笑：你看重的、当真的东西对我算得上什么呢？我这双阅历沧桑的眼里，还有什么新奇和秘密呢？

“去，再好好洗洗。”将军认真严肃地指着浴盆。他曾经无数次这样指着什么：去，把那个碉堡给我拿掉；去，把那几个俘虏给我毙掉；去，把那支先头部队给我干掉。他同样认真严肃地说，像霜降这样的小女子，到城里必须克服古板、羞怯的毛病，不然怎么能全心全意为他这样的首长服务呢？他这次出去没有再替她关门。

她手脚错乱地把衣服往身上套，连走过去掩门的时间和胆量都没了。但当她的眼睛偶然一抬，从那面椭圆镜子里看到了将军的脸。

它真正是张很老很老的脸。

既是一张很老的脸，那上面的所有深刻线条都在强调他年轻时的钟情与无情、勇敢及残暴。老脸上，那种无望徒劳的、对于青春及美丽的贪恋，这贪恋之所以强烈到如此程度，是因为它意识到一切青春和美丽正与它进行着永诀——岁月、年龄，不可挽回的衰老与渐渐逼近的死亡活生生扯开了他与她。

一瞬间，霜降静止在那里。似乎一丝儿不可思议的怜悯与谅解出现在她内心深处，就让他衰老的眼睛享受她一瞬。

他并没有碰她。他仅仅看了她，那不叫碰。不然，将军怎么会当着一群小女佣的面拍拍她的头——她正与她们聚在一块儿帮厨房拣韭菜，大声说："小女子骨头懒了，两天没给我擦浴盆！"又顺手拍拍其他小女佣的头："个个都懒、都懒；都不肯读书写字！"大家又怕又兴奋，还有感激似的：将军怎么一下子对我们这样亲切可亲！最后他对霜降："今天你再偷懒，我就有脾气喽！”他声音带着笑，带着慈爱，甚至毫不掩饰的偏爱。没有任何不健康、不正常的暗示，没有任何值得他避讳或愧疚的。他的态度仿佛在告诉所有人：我是特别喜欢她；她好看、可爱、特别，讨了我的喜爱。怎么啦？我不可以喜爱一个女孩子吗？你们不喜欢或假装不喜欢证明你们心里有鬼。

将军的明朗比出霜降的晦涩似的。她怀疑自己把事情想岔了。她还怀疑镜子里的老脸是她惊恐出来的错觉。

所以当四星再一次警觉，问她“老爷子有没有碰过你”的时候，她否认得坚决多了。她抵赖自己在抵赖。就像她抵赖程大江一度在她身上引起的无望的快乐。

扬长而去的大江没有再出现过。只有一回霜降恰巧接了他的电话。他像是根本听不出她的声音，客套而居高临下地说：“劳驾叫程东旗来接电话，我是程大江。”他连“你是谁呀？好像是霜降吧？我听出你是谁啦”之类稍微亲昵的话都没讲。当霜降告诉他，她刚见东旗开了车出门，他说了声“谢谢”就把电话挂断了。那一天，她都在一种似愉快却更像感伤的情绪中，两次换衣服、梳头发，一举一动都有了目的。她没在电话上问：“你在哪儿？”因此她尽可以想象他就在身边，或者，会突然出现在身边。她还可以去感觉——无论他远或近，他的一双眼睛时时朝她看。

那天，她不禁停在浴室的镜子前面，把一双想象中的眼睛盛在自己眼睛里去看自己，那个轻问仍出现了：“就你吗？就你吗？一个出身卑微的女孩；值得去轻佻、温柔，或风流几夜的小女佣？”她急忙从镜子里抽出身子。但她在所有人眼里都隐约读到这个诘问：东旗、淮海、川南，所有人，包括院外的人。

院外的明着问：“那个领程家孙子的漂亮妞儿是谁啊？不就是个小保姆吗？”

“还能干净得了？姓程的男人个个是雁过拔毛！”

虽然霜降泼起来会拿眼朝他们翻，但她越来越早地来幼儿园接孩子。有时她会找个地方避开人，等到所有家长领走各自的孩子她再出现。这时，一阵孩子的哭喊传进游戏室，霜降辨出那是四星儿子都都的声音。她赶紧跑到窗口，见都都和两三个男孩扭成一团。都都个头大，打得却很不得法，被比他矮小许多的对手占尽便宜。一位老师坐在树荫下打毛衣，嘴里喊着“不准打”，人却没有一点趋势要起来拉架。霜降跑出去。

“他们打我们都都，你怎么不管呀？”她扯开孩子们，同时问那老师。

“我不是叫不准打吗？”老师仍是慢吞吞、懒洋洋的。这是位上年纪的老师。据说当时四星、东旗他们在这个幼儿园时她就做老师了。那时，她给孩子们排“孔雀公主”的节目，四星永远演王子，东旗永远演公主，无论他俩多么无表演才华，甚至无表演兴趣。她甚至鼓励孩子们叫他俩“王子”“公主”，她自己带头叫。那时，饭碗有红有蓝，所有孩子都向往红色，而每天饭碗发下来，只有四星和东旗的是红的。老师看看霜降：“再说是都都先动手打的别人。”曾经永远是“别人先动手打的四星！”曾经永远是“东旗哭啦——谁欺负她啦？”

霜降替都都整理扯散的衣服，都都隔着她的肩向那三个男孩哭喊：“你们敢打我？！我爷爷是程司令！”

“就敢打！”男孩们喊回来，“打死你！”

都都再次声明：“我爷爷是程司令！……”

霜降拉着他往外走时心想，爷爷是程司令比爸爸是程司令怎么就差那么多？

六

程家院子 11 月初就有暖气了。六嫂不仅来吃饭，饭后她还会到客厅的长沙发上睡个长午觉，睡得晚，她就不费事回去上下午的班了，就着暖气她打打毛衣，埋伏着等孩子们从学校回来——秋后霜降每天走许多路到学校去接送四星的一对双胞胎。六嫂总是小偷一样匆匆将孩子搂两把，或把正编织的毛衣往他们身上比两比，再四周望望，没人时她会往孩子衣兜里塞些外国糖果。为了施这类小恩小惠给孩子，她还必须施恩惠给霜降：长丝袜全是进口的。有人说六嫂在跟外国人吊膀子。话更有恶的："六嫂跟外国人在做生意？肉生意吧？"

霜降看着六嫂搂住孩子的贪婪样，心想：母性果真伟大，它使一个女人厚颜到这地步，耐得住这么多人白眼来、白眼去，只为了搂那么一搂。

等孩子等晚了，六嫂便干脆连晚饭也在程家吃了。这天，川南闯进饭厅就问六嫂："昨天我叫你怎么不理我？"

六嫂皱皱拔成两根线的眉："什么时候？"

"装什么蒜哪？"川南转脸对大家，"昨天我到友谊商店，见她跟个大秃子老外在楼下酒吧里坐着，我叫她，她跟瞅生人似的！吃饭时候你又认得程家人啦？"川南又转向六嫂，并成心脸对脸坐到她对过，"你是怕我跟你借外汇呢，还是怕我向你们保卫处人事处告状，说你跟老外搞破鞋？说说看，婊子，你干吗当我是生人？"

程司令叫了声："川南，不吃饭你给我滚！别人还要吃饭！"

"爸，这婊子恶心得我没法吃饭！"川南回道，"她凭什么还往这儿来？我们家四星不是跟这婊子没关系了吗？"她对六嫂做出乞求的表情，"劳驾您婊子别往这院子颠儿了，怎么样？"淮海上来拉走了川南。

六嫂搁下饭碗，大把甩起眼泪来。她控诉程家以势压人，在离婚判决时给法院递话，不准她当母亲的带走孩子一根毫毛；程家欺负她平民百姓；程家没一个好人，没公道好讲等。没人理会她，都用心地吃各自的饭，生怕跟她一计较要么败了胃口、要么好菜让别人吃去了。饭厅很静，除了六嫂偶尔一两句哭诉就是程司令坚硬的门齿嗑碎蚕蛹的声音。最后六嫂泣不成声了。程司令将碗"啪"地往桌上一顿，站起身迅速离开了餐厅。像听见了号角，所有闷吃的人此时一齐停了，相互看看，都在别人脸上看见了沉默的狂喜。川南站起身。

大家全看着她，似乎所有希望都寄托在她身上。

川南揪了六嫂的衣领就往外拖。六嫂比她高，一推，川南便倒了。于是上来个淮海，跟着，淮海老婆也上来了。淮海老婆从不分是非的，凡是丈夫干的她都拥护。

“缺乏教养，缺乏教养。”东旗笑着慢慢摇头。她唤了个小保姆过来，叫她去找警卫。六嫂被拖到院里时，警卫跑步来了。东旗指着哭得乱七八糟的六嫂对所有人说：“请大家好好认清这个女人。这个女人跟这个家已经没有任何关系，是她主动提出跟四星离婚的，现在成全了她。她做了个陌生人还往这院子跑有没有道理？没有道理！所以往后再有任何人看见这个陌生女人，无论警卫、秘书、厨子、小阿姨，统统有权把她往外拖！”

快被拖到大门口的六嫂突然大叫：“程四星，你听着，有本事自己留种！老实告诉你吧，那俩孩子不是你的，你是天生的绝户！多大能耐呀？霸占人家孩子！程四星，你……屄，屄，屄！……”

四星的窗帘合得死死的，一点反应也没有。川南叉着腰仰脸喊：“四星，你真屄假屄？还不下来抽死她？有大梏梏住你啦？！”

晚上，霜降见到的四星仍是浪里浪荡，对什么都累了厌了的四星，根本不打听究竟发生了什么。他吃着霜降送来的饭，看电视。像往常一样，他不停地与电视上的人饶舌。一个上级在接见国外记者，说着中国到世纪末如何如何，四星便对着屏幕挤眉弄眼：“您吹大牛不上税吧？平均每人二千元收入？那时候豆腐多少钱一斤了？两百了吧？吃肉不排队？没肉了吧？打击贪污受贿？您这号的贪完了受完了捞饱了就把咱这号的关了杀了，看咱们老爷子没大戏了，是吧？咱们老爷子照样修游泳池！不满意？您改革把老爷子改了革了呀！”屏幕换成一帮学生帮着扫大街，广播员介绍他们如何乐意为社会做好事，四星又对着学生们说：“扫着了钱千万别交给老师！也别交给警察！扫！扫！扫！你爸花钱送你上学，让你学扫大街的？还不快回家，好好学英语，赶明儿到美国，扫大街也扫得出美元来！”屏幕上现出几个医生，介绍他们怎样到山区推行新避孕法，他也马上跟着换词，“别扯你妈的淡了！山区人没灯，上了床干什么呀？也太不人道了吧？人穷夜欢；你连夜里都不让人欢，人还活不活了？你们阉了自个儿又去骗人家，都做绝户呀？”说到“绝户”，他手指一捺电视遥控器。

屋里一下子静得可怖。

霜降看看他。他问，“你看我干什么？看我像不像个绝户？”她说，“我哪里有工夫看你呀？我在摆设这么重的家具。”她真的在将一具单人沙发搬到朝院子的窗下，去压住那些落发。屋里各处可见落发，那窗前地面上的落发却成了层。她从来不问：你每天在窗前站多久？她想象得出他怎样眼巴巴站着，看院子就像一缕魂看人间。他站在那儿，生了根似的，落发像归根落叶，两年，一条性命就凋零成这样了。

她直起腰，手扶在沙发靠背上喘气，感觉他那不妙的“看”。他对她下流过，动过手脚，却从未这样重地看过。他看着她，走过去把门的两道闩都插上了。

“你过来。”他对她说，跟他父亲一样，不说“好不好”“愿不愿”，或者“请”。霜降疑惑地笑笑。他又说：“你过来。”这回带了笑。只要他这样笑就好：又烦又懒、万事不认真的样儿是正常的他。

霜降过去了。他说：“你坐下。”与他父亲一样，在你完成他头一道指令后，他才给你下一道。你无法反对他的意图，因为在你明白他意图之前你已执行了他的意图。就像人对于动物，“跑——跳——接住它——回来——坐下——好了，把嘴里那东西给我”。人从不让动物明白他最终是想要它嘴里的东西，否则它有可能做自己的决定：是否跑或跳；是否有必要做那一连串动作。这院里所有的小保姆都被训练得很高兴不必自作主张，不必动脑筋，你告诉她“跑”，她跑完了，高高兴兴、脑子空空地等你下一道指令。问题是霜降太乐于动脑筋，当你叫她“过来、坐下”，她明白你绝不仅仅是要她“过来坐下”；她之所以动作迟疑，是因为她企图在“过来坐下”之前就搞清“过来坐下”之后将发生的。

她过去了，没有在四星指定的地方坐下：“你要我做什么？”

四星仰脸看着她，还是那样重地看。越来越重。是他的目光的分量压得她坐下了，坐在他身边。他拉起她的手，翻成掌心朝上，看了看。她知道自己的手是粗相的。人的脸可以瞒住许多事，如生活的艰辛、家境的贫寒，手却总是诚实的。他将她的手拉到他胸口。她看见自己的手很被动地抚着他那副人壳子。她还看到在这只手和那副人壳子之间的差异，前者健壮、丰满，离罪恶尚远；后者病态、干瘪，为罪恶做出过巨大牺牲。

他想启口说什么，但似乎他明白任何话都将与他如此重的目光完全不协调；他明白自己只要一张嘴，准出来些轻佻流气的话。他已忘了怎样说正经话，即便他做得出那份正经，也会把自己唬着：我怎么会这么肉麻？尤其对女人，即便他认真，他和她们都不会相信。他多次对霜降说过："我喜欢你。"紧接着他会加上一句，"别他妈逗了！"或者斜着嘴笑，像是被他脱口而出的一刹那的正经弄糊涂了、嘲讽了或恶心了。霜降知道，当他沉默——沉默地轻搂着她或拉住她的手，那是他最严肃的对于她的表白。

她的手感觉他的心也起搏得很懒。那里面装着什么？那些话——他启口却终究未倾吐的话？那些话是否感叹她变了？她初次与他相遇时的活泼和泼辣、俏皮和顽皮、无知和无畏渐渐稀薄得近乎消逝了。他启口是想再叫她一声"小乡下妞"吗？他已不再那样叫她，因为她不再是个不谙世故、一心向往城里生活的小乡下妞了。他诧异她不再是简单朴素的，她有了许多心事。他或许还想问：你的孩子气哪儿去了？在你那乡村以外，世界的复杂与邪恶，这院落的纠纷与恩怨使你在半年内失尽天真？你笑中的敷衍与灰心从哪儿来？是失望？像我一样失望地活着，你也失望了——乡村生活是苦的，但这院里的生活中，你却发现一种被称为苦难的东西：这院里的每个人都背着它，他们不得不背它，这就是为什么这座院落在极乐的享受中显出它疯人院的本质。

他这时将她的手捺在他羊毛外套的纽扣上，示意她解开它。她照办了。忽然发现他的手伸到她的纽扣上，他脸上还有种无赖似的委屈：你解了我的，我也得解你的。她用手去护纽扣，他却改了方向，将手搁在她胸上。他的表情更无赖：你不让我摸吗？你刚摸了我呀！

霜降感到一半的自己在挣脱，另一半却迎合上去。在她的两个自己争执不下时，她发现四星的手已进入她左一层右一层的衣服。他的眼睛仍重重地看着她，另一只手将她一点点拢进他瘦骨嶙峋的怀抱。她的脸离他的仅一寸距离，近得她无法看清他，近得他不再像他。一个人的目光怎么可能这样重？她突然看见另一个人通过这双眼在看她。

大江那天晚上将手搁在她脖子上，说她怎么可能是个小保姆时，就有这样重的眼神。

大江，既然你透过另一个人的眼来看我，那么我通过另一个人来感受你吧。她不再抵抗，让那手探路、寻访。那只手告诉了她，她的身体发育得多完美，每一个曲度都清晰柔和得令她自己也吃惊。手开始用力，她感到另一只手的力量和热量参加了进来。

大江拽住她小臂时，就有这股"跟我走"的蛮横力量。

触摸她身体的手不是冷的、懒的，它温暖得像另一只手。她顺从地躺下，紧紧抱住他、抱紧他，以免她看清他。当她听见他脱衣的窸窣声，她调开脸。虽然两副躯体内是同样的父精母血的支流，但那毕竟是两副躯体。二怎么也不等于一。她怕自己看清这不能合二为一的二，看清这个瘦长灰白的男人与自己心目中那个宽肩膀、个不高的军官完全彻底的不同，完全彻底是两个生命个体。一旦她承认二永远是二，她便不能通过这一个将自己给予那一个，尽管他们有相似的眼神、微笑、动作、嗓音，甚至有完全相同的一瞬。你不可能把那样的一瞬固定下来。

他的头触到她的腮。她意识到它是半秃的，而那一个却长着一头麦桩子一样又硬又密的乌发。他的唇触到了她的唇，她嗅到一股烟味；那一个呢，总笑出一口雪白的牙，那样的牙是不会发出任何气味的。他的手捧住她的颊，手指上带着扑克牌的香味。她想起它们整日整夜、抽筋似的翻着一张张牌，慌慌张张地收拢一盘、再开一盘，好像任何坏运气不顺心都能搅掉、重来。那一个绝不会有这样十根既忙乱又无聊的手指头。她没有机会留心大江的手，但她想得出它们的样子——它们翻书，提笔，缝军制服的肩章时的巧与拙。她这时触到最不该触的东西，那双脚。那双脚搁在了她的脚上，带着发黏的冷汗。它们就这样毫无道理地神经质、出冷汗，看上去像他整个人一样精瘦惨淡却又不安分。对了，他的脚似乎是他人格的象征，你能在上面看到他的浪荡和羸弱以及侵略性、攻击性；你会嫌恶和怜惜它们，同时又恐惧着它们。

她永远不会忘掉那个赤着脚、头次出现在她眼前的大江，他的阳刚并不体现在他轮廓分明的肌肉上，却体现在那双脚上。她曾坐在那上面，它们使一个女性马上联想到他强劲的全身。与那双脚比，这一双好比腐掉朽掉的身躯末端，不然它们怎么会这样阴湿和冷？

霜降推开四星。推开他到一定距离，她便看他个清清楚楚了。她身体里有什么飞快地在退，一股热像潮一样退尽。

四星仍那样重地看她。他的身体也是灰白的；他所剩头发不多，所以那灰白几乎彻头彻尾。“我要走了。”霜降说。

他扯住她，沉默透出一点歹毒。她挣扎，他制止她。那歹毒来自哪里？为什么他偏偏这天——六嫂骂大街骂出不知是真是假的秘密时他对我做这个呢？想拿我证明他不尿：那两个孩子是他的根？她开始踢打。

他抱着她任踢任打。直到她相信他沉默中的耐性和韧性同时也出自一种颇厚的情分。什么样的情感呢？似乎不如爱那样美却比爱更根本的情感。从始至今，他和她的关系就寄生在这情感上。他吮吸她身心中的新鲜与活力。他像胎儿，外部世界则像母体，她是联系其间的脐带。依赖于她，他成了条情感寄生物。他怎能说他爱她或喜欢她呢？那情感比爱和喜欢沉重、复杂得多，并残酷。

她哪能承得起这感情呢？

她终于坐了起来，伸手去抓散落满地的衣服。他抢先夺它们到手。

“四星，我要走了！离开你们家！你行行好，让我好好地走掉！”她眼睛看着他，还有句话没讲：别把我弄得太脏，别毁我，让我好好离开。她打听到一家沙发工厂需要女工，签合同的，有没有城市户口，那工厂眼开眼闭。她本来没有太认真想过这事，工资低是其次，主要是难找住处。北京城的人都有四世同屋，为住房有杀人、有自杀的，别说她一个乡下人。告诉她消息的是夏天从程家辞职的一个女佣，她说要是霜降不在乎男女方面的事，就可以免费住刚建成，还未及分配出去的公寓楼。那个看公寓的干部从正月十五到腊月三十都排满跟女人睡觉的日程。霜降问：“那你也让他睡了？”问完就后悔，想这样直接的话太打脸了。不料姑娘大方得很，说睡一觉你又不少什么，有钱出钱，没钱出人，这还不是公道透顶？在程家干净多少？霜降闷住了。原来哪里都不干净多少。她要走的念头一直是拿拿放放，直到她这时对四星吐出它，才发现它原来真的是条路。

四星没问：要走？去哪儿？什么时候？他就那样捺住她的衣服，眼盯她盯得越发重。似乎这样一盯一捺，她便走不了。他另一只手伸过来，她看到，领先于整只手的是两根手指。难怪他目光这样重！

一瞬间，她想起他曾告诉她的：当一股狠劲出现在他心里，控制他的行为时，他就不再是他。另一个人在他身上了。她透过他的眼，看到附着在他身上的那个人的苍老浊重的眼，还看到那苍老浊重的人性人情沿着两根伸长的手指在延伸。它们延伸到她身上。一种恐怖，或是威慑使她不再动。这手指变得自信，不再像刚才那样男孩子式的探寻，每个新的发现都使它们激动和羞怯一阵。

另一只手拉灭了灯。只有屋尽头那盏立地灯把一个毛糙的光圈投在天花板上。

她这才彻底相信他的话：这个残忍的、充满征服性的人不是他，是他的父亲。人们竟怀疑他的血统，多么无稽！他此时不仅证实了他是将军的儿子，他简直就是将军自己。将军就这样大手笔地镇压住孩儿妈，还有许多被知晓或不被知晓的女人。将军从来不做“偷看”“吃豆腐”之类的事，要看，他就直眉瞪眼地看；推开门，阔步走进浴室，看个痛快酣畅。而不是撅着屁股，弓着腰，吃力费神地去觑门缝、锁孔。将军没有一点鬼头鬼脑、零零碎碎的邪恶，邪就邪到顶点，顶点就是正。他当着人叫：“霜降，你到我书房来一趟！”

她搁下手里正拣的韭菜就去了。眼的余光中，她看李子轻轻一笑。

将军见了她就牵起一边嘴笑了，似乎说：你倒真乖。“进来，”他叫她，“把门关上，关严。”他的指令如此理直气壮，谁都不会怀疑它的正当。

“来，替我研墨。你研墨手最匀。”他说。眼睛也开始微笑，像看他顶娇惯的孩子。她留心到唯一的不同是他把意图这样快就告诉了她，于是她意识到他的实际意图不在于此。

他坐在他的皮椅上，没有像往常那样为她让开地盘，她好两手抱住小臂粗的墨推磨一样研。他拍拍自己的腿：“坐到我身上研。”

她正怀疑自己耳朵听岔了，他已将她抱到了自己膝上：“好轻巧个小女子！”他说，一点不像淮海那样轻浮。“好了，研墨吧。”

她心想，这算什么事呢？两脚挣扎着要去够地面，将军却加重口气：“别动，研墨！”她的手开始旋那柱墨。因为弄不清整个情形的性质，她的情绪感觉也无好或恶的定义。既然将军不觉得滑稽荒唐，她怎么敢断定它的滑稽和荒唐呢？将军那么一把岁数了，抱抱你这样的年轻小女子，就算不太正常，也是超出了正常的娇宠，还能有多大差错呢？墨在盘上划出道道儿时，她再次表示要离开他的怀抱。将军说：“还不够酽。”明明很酽了。

将军的一只手解开了她的衣扣，不是那样摸摸索索、探头探脑的解法，而是明朗果断地将它一拉。她那天的衬衣上恰巧是揿钮，一拉就全开了。她一手掩衣服，一面无论如何也要站起来。“叫你研墨呀！”将军说。

她怎样也不听他的了。她脚够着地，他也跟她站起来。一站起来他的手更方便了。“你看看，你看看……”他又像埋怨又像嗔怪，两只手紧紧扣在她胸脯上。他似乎感叹它们的大小合宜，满满捧了他两手心。“不动嘛，你看看，你看看……”她不敢动了，她已从他的“你看看”里听出了脾气。

“你看看，你看看，多好，多好；不习惯？以后就习惯啦。”他像在开通她，诱导她：有什么大不了的？没有比这事再正常的了。她被弄痛了，拿手去护，他不耐烦地把她手扔开了。

“研你的墨嘛，工作哪能不干完？工作有头有尾、善始善终的那种同志，我就喜欢。要用力哟。你看看、你看看，这样多好，墨才会酽嘛！这才是负责任的工作态度嘛！”

她看看桌边的裁纸刀，怎么也甩不脱一个幻觉：那刀连他的手带她自己一同戳穿。但她的手一离开那柱墨他就会说：“研你的墨嘛。”她怎样也不可能以一个动作就把那刀持到手，万一让他看出动机，他真的要发大脾气了。这场大脾气的后果很可能要了她的命。将军的手枪就在最顺手的抽屉里。她突然明白，他让她磨墨实质上是控制了她的双手，就像叫俘虏举起手来。那以后，她很少去将军的书房，将军也不再叫她，据说他血压、心跳都有些异常。

直到冬天，变得消瘦憔悴的将军披着呢大衣走到院里，看一眼霜降，像是战乱中突然遇到自己失散的孩子，意外并伤感地叫了她一声，然后说：“你这个小女子，你躲到哪里去了呢？”他拉了拉她的手，问了她这样、那样的事，包括过冬衣服足不足。她想，也许那件事真的不那样邪恶，不然怎么没有半点暧昧和隐讳在他的表情里？她几乎认为那不是真的，只是她发了癔症。那个强取豪夺她青春和美丽的将军是不存在的。

然而这晚上，将军通过四星提醒了他的存在，那事实的存在。四星不再是四星——正如他曾说的——当他想毁什么时，他的父亲便在他的生命中出现了。她这下看得清楚之极，那个老而强暴的生命就在四星凝重的眼神里，在他带着火气血性、不容你置疑的两根手指头里。她对四星的那点怜悯顿时没了。强暴一生的将军是不会老的，他正通过这个貌似羸弱的四星在毁她。

事情没有发展到最后一步。

事后她想，也许四星在最后一刹那良知发现？也许，他真的像人们讲的“㞞”？也许他嗅出了父亲的踪迹，天伦的禁忌使他止步了？不然他怎么会在她匆忙着衣时来一句：“我父亲七十九岁了。”他像在劝慰自己：这样的老人再壮也不中用了。他也像在开导霜降：他对你只是心有余而力不足的一把老骨头了。

除夕前一天，楼上楼下忽然哄闹起来，说四星自杀了！把积攒的一大把安眠药全吞了下去。医院来了救护车，将军站在楼梯口喊：“祖宗的！连力气大的都找不来？淮海，你个杂种还不帮着抬担架？！”

孩儿妈趿着鞋跟着担架唤：“四星，我的儿子！”这一唤使得原本已忘了四星存在的众兄妹全动起情来，川南凄号：“四星！六哥呀！我们知道你苦啊！六嫂不是东西，你何苦为她伤心成这样！孩子是你的！她骂也骂不掉的！”

“什么体统！”程司令吼，“他又没死！”他浑身一战，像要跌倒，被那位矮警卫员搀住了。

四星被抢救了五天，仍没有死活结论。第六天，孩儿妈对霜降说："他醒啦。"她不说那个"他"是谁，霜降也明白是四星。从霜降被派了送四星的三顿饭上楼，孩儿妈就跟她常常提"他"，声悄悄却清晰。"他喜欢这种香皂。""他不吃羊肉，从小不吃。""他昨晚睡着啦！"霜降发现她成了孩儿妈唯一的说话对象，而唯一的话题是"他"。

"你去看看他吧？"孩儿妈说，"车在门口等着。"她递过一个棉包，里面是一罐粥。

霜降捧着粥钻进黑色大奔驰，车里有些暗，她怔了一阵才认出朝她明眸皓齿笑的是大江。"你叫什么名字来着？我有点想不起来了。"他说。霜降没答话。要是真那么好的忘性我何苦惹你想起什么。

大江催促司机开车，然后将后脑勺仰在靠背上，闭上眼。她看看他，发现他已有了些官态。他刚噘起嘴唇，想吹口哨，马上改了主意，大概认为那样不够稳当。

七

出了院的四星不再失眠，胃口大，头发差不多掉完了。当人们发现一个白胖子在傍晚的花坛边溜达，不敢信那是三个月前瘦空了的四星。据说他的神经系统又向另一边偏差，现在每天要睡十六七个小时的觉。

谁也没问出他吃安眠药的原因。当然，谁也没敢认真去问。有次，川南在晚饭时咋呼：“四星，那么多药粒儿够你吞半天的吧？”她的男朋友立刻朝她使个眼色。

四星慢吞吞答：“我又没事，慢慢吞呗。”他现在说话干事都慢许多，是因为胖才慢，还是因为慢才胖，很难说。

“六嫂那婊子，你住院时她还非要进病房看你，我挡了婊子的驾！”

“川南！”大江皱皱眉，“你怎么这么多词儿啊？”

川南笑个鬼脸出来。以往她一定不饶，非把话顶回去不可。好比打乒乓球，球打到她这边落了地，让她去捡，那是办不到的。四星出事的第二天，大江回来了。他叫警卫员去报告：他马上要和程司令谈话。很快，父子俩的嗓音从书房隔壁的小会客厅传出来。这是一种信号：父亲已开始把这位儿子看成了同僚，必须给予重视和平起平坐的地位。小会客厅已荒废几年，来找程司令的人没一个值当往小会客厅请。有人猜，或许大江的学位使父亲敬畏，程司令自己是二十岁扫的文盲，曾经他为此骄傲，动不动就对不爱读书的儿孙们说：“你要有老子二十岁扫盲的本事，我也不操你闲心了！”自大江开始读高等军校的博士学位，他再不提他二十岁之前目不识丁的历史了。夏天大江回来过暑假，父子俩吵了好几场。为四星的事吵，为修建游泳池的事吵（儿子反对撵走幼儿园修泳池，说父亲为搞坏自己声誉做大宣传）。虽然父亲总是吵赢的，但人们听出将军的“你懂个屁”“你给我滚”里面气焰盛，实质衰，凶得空洞。

有回程司令问厨子：“饭厅里有什么必要开四个电风扇？两个不够？”厨子回道：“大江叫开的，说有四个电扇大家照样出汗才是真正的浪费。”程司令坚持伸两根手指：“开两个！程大江有自己的房子，开四百个电扇我也不管。”

又一次，淮海要去山西出差，川南说山西穷山恶水顶没看头。淮海说：“古时的晋国，怎么会没看头？”

东旗问他说的是哪一个“晋”，是“三国归晋”的“晋”，还是战国前期那个“晋”。

淮海说：“不都一回事？”

东旗说绝对是两回事。川南建议找个权威问问，大家都说找大江。这时程司令沉下脸，使碗筷的手也重了许多。人才意识到，在这种问题上张口闭口的大江，是太疏略、太轻视父亲了。父亲出了饭厅，淮海说：“嗨，老爷子让咱们给得罪了，吃那么点儿就走了！”

川南说：“老爷子准去翻书了。明天晚饭他准会把话转回来，把今晚从书上看来的告诉你。让你看看，他不比大江懂得少。这样他才找得回老面子。”

“你们别那么贬老爷子，他再好胜还能嫉妒自己儿子吗？”东旗说，她的笑恰恰告诉人：老爷子就是嫉妒自己儿子。

父子俩在小会客厅没有吵。被程司令请进那里，就意味着他给了你极大抬举，而他抬举你就不打算和你吵。随后，两人前后走出来，以一模一样的架势披着军大衣。到饭厅门口，大江没等警卫员跑过来，就替父亲摘下大衣，挂上衣架。人们交换眼色：在生死未卜躺在医院特护床的四星身上，父子达到了统一。“等四星出院后，假如他能出院的话。”大江说，顿在这儿，等所有人都停止了咀嚼。他接着宣布由他和父亲共同为四星制定的“狱规”。由于健康原因，大江强调，四星的禁闭范围不得不扩大，他可以参加家庭晚餐，晚餐后可以在院子里散步，也可以和家庭成员交谈。说到这里，程司令插了个“但是”进来。大家等他的“但是”，他却“咔”的一声嗑碎一只蚕蛹。

“但是他要是跟院子外任何人有接触，或者跨出院门一步，我马上收回现在给予的让步。都听见了吧？”程司令授权予每个家庭成员，包括厨子、警卫、秘书和小保姆们，谁看见四星违犯禁令都必须告发；谁知而不告，谁将与四星一块儿受罚。

四星也有不出院的可能性，大江补充。他这次的药物中毒颇严重。他把自杀说成药物中毒，显然想让院内外的都当他“药物中毒”去接受和理解。

就在这些宣布的第二天，四星从“药物中毒”中醒来。霜降发现同车去医院的竟是大江。闭目养神了好长一段时间，他转脸问她：“到底是什么促使了四星服毒？六嫂？失眠？孤独？心理病态？”霜降说她并不知道什么。

“你不是给他领孩子？每天三餐饭也是你负责送，你没看到他反常？”

霜降想说：他天天反常。但她说成：“人没了正常生活，谁看得出他反常呢？”

大江诧一下，说：“你这话有哲理的。你很灵，好像还善解人意。”他使劲看她，之后又要求她把手给他，他要看看那上面的智慧纹。他看一会儿，笑了，说他记错了：“哪来的智慧纹，该是事业纹。”

像是忘了，他没将霜降的手还回，靠回去闭目时，他把她的手搁在自己膝盖上。霜降想抽手，又觉得硬抽不好，似乎说：放规矩点！或者：揩油啊，你！哪怕就是个提醒：对不起，您握着我的手呢！也会把气氛弄别扭。然而不抽回呢？似乎又显着太情愿，太往上送，太贱。她看他一眼，怎么看他也不像那类花痴，握了女人的手就醉过去，再不就装傻装死。反过来，怎么看他也不像把她手当成了对象：借了，忘了还。只有一种可能，他存心握着她手；那握是有动于衷的。那么前面他说他忘了她名字是撒谎。原来他也需要撒谎才能把一些事实否认掉！比如他得否认他喜欢她这样个小女佣的事实，唯一必要的谎言就在他俩之间：我没有想过你。你看，我连你的名字都不记得。接着他也就得否认另一个事实：他在接触她。只要他不对握她手这举动做任何解释，他也就不必对它负责。这不就否认掉了吗？

他多虚伪自私！她看看他佯睡的脸想。这脸有整齐的线条，宽额上深深的横纹显出他习惯于用脑过度，而脸颊的健康气色表明他极有节制的生活。他与父亲很相像，在模样上和性情上把程司令做个适度调节，就成了程大江。在那个调节中，他没了父亲做好事、做坏事的气魄和恢宏，也没有父亲做得出、承得下的胆。他显然聪明过父亲，也懂得回旋和余地，但像父亲那样先尽兴、再收场地去爱和恨，他不能够。父亲只要爱，就去掠夺、去占有、去毁坏；他也不瞒着隐着，你罚得了他，他任罚，罚不了，他便明明白白罚你。

他绝不会像你程大江，一声不吭地握着一个女人的手，用沉默把一切都赖干净：没有喜欢，没有动心，连想碰一碰的男女本性都没有。你程大江还对守在四星病床前的老护士扯谎。老护士跟出门，讲完四星的情况后，对霜降说：“这么水灵个姑娘，我猜，是个空中小姐吧？”

大江哈哈笑起来：“她不是空中小姐，是地上小姐！”

老护士马上做出反应：“噢，在大宾馆工作？我说全北京的漂亮姑娘都哪儿去了，全给招到大宾馆去了！宾馆工作好啊，遇上的都是人物！”她说着拿眼使劲朝大江一斜。

大江又哈哈哈。哈哈哈，谎就扯了。回到车上，他说：“马屁精老太，拍我爸马屁拍惯了！”霜降想，你爸不会到人后叫人马屁精，无论马屁精拍得他开心不开心，他都或笑或怒地指人鼻子：“少给老子马屁哄哄！”

与这个儿子比，父亲诚实和勇敢多了。新年前，淮海的电视摄制组来给程司令拍专题，淮海朝父亲喊：“爸，您眼往哪儿看？”

“看霜降那个小女子！她在带小鬼们采柏树叶吧？”

“您看她干什么？”

“她好看，我不能看？”父亲火了。

淮海笑起来，说他倚老卖老。

而儿子呢？人问：“大江，你早晨跟谁在后山坡上说话？一个女孩子？”

他睁眼瞎说：“没的事！”他早晨明明在后山坡遇上霜降，跟她描绘他刚看的一部美国电影，还问她：“你对将来有什么打算？”

她说就这样工作，挣钱。

他又问：“没想过别的？”

“什么别的？”

“比如学习、婚姻。”

她说她哪儿想得了那么远。她告诉他她想离开，去一家沙发厂做女工。

“为什么不想做学生呢？”

她说她高中毕业后考过大学，考死了，也考不取。

他说：“有的学校不难考，像军队的护理学校。你要想考，我给你找资料复习。”

她笑着问：“谁供我啊？要吃要住，就算学费不缴也要一大把钱；谁供，你供啊？”她下巴朝他一噘。

“钱总有办法！买得起马还能配不起鞍？你先准备课，考上了，咱们去找老爷子，不行，找我妈也成！她拿了三十年病休工资，全攒着！”

很久没见他这样神采飞扬了。头次见的大江，就这样咋呼、热情、开心，霜降想，是什么使那个咋呼、热情、开心的程大江又回来了？很快她发现，回来的就是那一瞬，当人问到他是否与她在后山坡谈话，他否认得那么愤怒。

“干吗火呀？这不挺正常的吗？”东旗眯眼笑。

“什么正常？”大江瞪她。

“碰见个小阿姨，顺便聊两句，不是很正常吗？”东旗给她的大猫刷毛，“我又没问别的，又没说‘嗨，程大江，怎么没喊暂停就换人？兆兆怎么办？’”

大江做出个欲说还休的表情。猛然发现霜降就在近处陪两个孩子跳绳，他说了句：“这个家的人无聊透了！”

霜降知道兆兆是大江新交的女朋友。小女佣有天指给霜降看：那个就是兆兆——一般化嘛。给了这么个评论，大家的心都平了些。那天兆兆第一次到程家来，年初五,四星脱了险，家里刚有心思接待客人就接待了她。

兆兆是被另一辆轿车送来的，一辆跟程司令的大黑奔驰一模一样的车。意思是，她有个与程司令差不离的父亲。比程家优越的是，车可以无时间限制地等她。霜降在院里晾衣裳，手冻得鲜红透亮，她得不断往小指上呵热气，或在棉衣胳肢窝里焐焐，它们才不至于木掉。听见一个孩子气的女声说："你家院子好大！"霜降看见大黑轿车敞开的门旁立着个短发姑娘，一件皮夹克很短，一条毛围巾却长及膝盖。

大江拿英语跟她说了句什么，她便转身跟他往程司令书房方向走。她走路给人感觉是她比任何人都熟门熟路。程司令的嗓门很快扬起，像他清早骂人，对着夹竹桃清喉咙一样嘹亮。"兆兆！你爸在昆明军区当副政委的时候，我去云南，你才这么大点儿呢！"

"您见的准是我妹妹，我一直在北京念书的！"兆兆不习惯顺人话说。

早听小保姆们议论：大江有个新女朋友，爹的官衔比程司令大，姓赵，叫兆。叫起来就是兆兆。这时她们都大气不出地在看这个兆兆。

霜降倒觉得这些女伴给兆兆的分数偏低，兆兆远超出一般化，不如东旗标致，比川南俊多了。看上去有二十七八岁，跟大江年龄相当。大江替她拿着女用皮包，微笑颇文静。霜降从没看到大江这样的笑，他要么撑满嘴笑，要么斜一边嘴笑。这个笑往往出现在企图学乖的孩子脸上。

过一会儿程司令出来，四处巡视，像要吆喝人。矮警卫跑过来。他的迟钝一贯被程司令拿顶粗的话骂，今天只挨了句："属鳖的，爬快些！"音量也有所控制。他吩咐警卫到厨房端三碗元宵，要豆沙的。程司令从不过问这类事，嫌婆婆妈妈。

"那是谁呀？！"霜降回过头，他也不像往常一见她就咋呼小女子长、小女子短，每道皱纹都显着爱怜。"不要在院子里晒那么多衣服，不好看嘛！"他捏嗓门儿呵斥。

霜降这才相信小保姆们的话，兆兆有个比程司令官大的父亲。

不然川南也不会说："兆兆，你剪这种头绝了，电影《小街》一放，这几年好多女孩子剪假小子头，没一个像你这样顺眼！"川南等次官衔一向搞得最清楚，到底是人事干部。

那些凭相貌做了程家媳妇的，只要一问出她们父亲的职位，她马上重新给她们的相貌裁判，这个下巴太短，那个屁股太大；瘦，白骨精；胖，猪一样。

兆兆却没让川南捧高兴。不知为什么她在整个家庭晚会里成了最不高兴的一个。晚饭前，小保姆们被吩咐了把饭厅搬空，说是晚饭改成“鸡尾酒会”。兆兆一进饭厅就皱眉，对大江说：“哪有鸡尾酒会上喝茅台的？”

“中国鸡尾酒会！”大江笑道。

“那就不能叫鸡尾酒会！”

“谁爱叫它什么就叫什么吧。”大江的笑紧张起来。

“怎么能爱叫什么就叫什么呢？北京新开的那些西餐馆，什么莫名其妙的东西在那儿都可以叫成法式牛排、德式牛尾汤。爱叫什么就叫什么，中国尽出这些不伦不类的东西！”

大江脸上干脆没了笑：“那就请你将就点吧，谁叫咱们的爹都穿过半辈子草鞋呢！”

兆兆或许从此开始不高兴的。

依霜降看，大江蛮体贴兆兆。兆兆吃一会儿，张开两手：“餐纸？”他马上掏出自己折得四四方方的手绢，细声细语地向她抱歉，他家不用餐纸。

小保姆们也被允许参加晚会，不过拿了东西到外面吃。

全挤在窗台上看兆兆。“兆兆笑了。”“兆兆跟东旗讲英语了！”“兆兆脱了件毛衣，准备跳舞了！”“兆兆的屁股扭得活像鬼子！”……

程司令这时退场了，一面说：“你们好好玩儿！”又对小保姆们说，“小女子们想蹦跶都去蹦蹦，过年嘛！”其实不是因为“过年嘛”，而是“兆兆嘛”。他一向恨“迪斯科”，管它叫“跌死狗”，说男人、女人这样对着扭，就扭出那么多离婚来了。

兆兆一直是皱眉苦脸地扭。李子在行地告诉霜降，这才是地道的；淮海请她看过美国录像带，上面的洋鬼子都扭得满脸痛苦，要死要活。

兆兆跳累了，就把脸歪在大江肩上歇息。大江悄声跟她说了什么，她才又笑了，捶了他一下，举起个孩子一样小小的拳头。

而就在兆兆出现在院里的前一天，大江一词不置地握了霜降的手。

就在兆兆出现的两星期后，大江与霜降谈起“将来”。他有兆兆，霜降有没有“将来”关他什么事呢？

霜降想，他若再对她做莫名其妙的举动，她就真嚷：放规矩点！揩油啊你？她懊恼那天没狠狠抽回手，让他的手跌痛。他活这么大，还没有女人闪失过他。他和女人各占天平两头，女人总全力压住这头。索性不压，撤出天平，让他那头一坠到地，跌痛。

而她很快意识到让自己喜爱的人跌痛是绝无可能的。即使她知道大江和她之间没任何将来可谈，没任何正果好求，她仍对他的笑、他的每个顾盼有呼必应。宽敞的院子，不知怎的忽然有了许多狭路相逢的机遇；总是那样，走着走着，猛地抬头，他已站在了面前。俩人这时就一笑：“对不起，不是故意的。”奇大的一个院子，奇大的一个家庭，会都消逝了似的，就留一条路，怎么走怎么迎面遇上他。她不承认她在寻觅他，跟随他，相反，她认为是他在处处埋伏，在等她。

“你怎么知道我在这儿？”这时她与他又脸对脸了，他问她，像她一样愉快而不安。

她摇摇头。她怎么想得到他会出现在四星房里。四星住院，偶尔需要东西，总是她取了送去。她说他唬人一大跳。他笑道人就这样，找什么真找着了倒会唬一大跳。她想反驳，你有那么伟大，总是我在找你？你那样子才像安了心打我的埋伏呢。她没这样说。像两人初识时那样斗嘴耍赖，她想也不敢想了。

“噢，你搬到这屋住啦？”她问，一面从衣柜里找出衣物，“打春了，四星要些薄衣裳。”

他解释这屋最靠边角，不仅清静也颇舒服，写东西效率高些。

家里人都知道他在写毕业论文，为写它而住在家留在北京。还有，兆兆也是他住下的理由。现在若有人叫：“大江，电话！”再听不见他骂着下楼：“妈的谁呀？”

“要是有地方住，我才不住这儿呢。”他对霜降说。

“你不喜欢住家里？”霜降麻利地叠摞好衣服，一副忙着要离开的样子。

“你跟我谈一会儿话不行吗？来，坐下，待一会儿。”他自己先坐下，指指旁边的沙发，“你以为我跟这家里的人挺像？我跟他们根本不是一种人！”

她看着他，同时坐下去。你当然不同于他们，不然我怎么会喜欢你。原来她以为自己绝不会在他身边坐下的。

“你看得出我们不同，对吧？”

霜降点点头，脸在慢慢地笑。

“看出什么不同呢？”

她说：“他们下午起床，你早晨起床。”

她以为他会看出她在存心气他，至少也在逗他。他却说：“你看得很对。他们偶尔也可以早起床，但每天早起床就要意志了。他们没有意志。我有。没有意志的人生活给他什么，他只能要什么，要了什么，就赶快享受它，不然明天可能就没了。因此他们只能要这个家，享受这个家。要是他们没有降生在将军家庭，而是最穷、最苦的人家，他们也只能要那样的家，忍受那样的家。他们没力量改变被给予的那份生活，力量产生于意志。老爷子一死，他们就什么也没了。我不一样，我身上如果有胜于别人的东西，绝不是老爷子给的！”

他跟什么赌着气。霜降站起来，说她真得走了。他看着她，扑哧一声笑了。

“你怎么对这些破事儿这么有兴趣？什么带带小孩，洗洗衣裳。你也一样的，给你怎样一份生活你都接受？”他的笑告诉她：他惋惜她，更嫌弃她。

这时，她突然看见沙发前的茶几上放了一大摞旧书，全是各种补习课本。那意思是：他本想把它们给她的，却提前发现了自己的徒劳。

直到初夏，四星要出院的前一天，霜降才又见到大江。他正在打电话，坐在门厅里，两只脚搁在放电话的高几上，差不多堵了路。她知道只要他不想见她时，那些不期而遇就统统没有了。倒不时听到兆兆的嗓音，知道她来了，走了，或住下了。

霜降见大江穿一身睡衣，几绺头发竖着。已是上午10点多了。她知道只要他早晨放弃长跑，一定是兆兆头晚上没走。

她不想惊动他，想从他背后蹭过去。

“你一大早跑了，我一直在跟你说对不起……”他感觉有人，站起身让路。偶尔瞥见霜降，点头笑了一下。从那笑中霜降回看到他这么多天的委屈。那笑似乎还告诉她：我想过你，找过你。

他找过她，那么一定是她躲开了那些可能迎面撞上他的狭路。她想他，避开他是为了更多、更专注地想他。她也点头笑了一下。

傍晚，大江问霜降肯不肯和他去看场电影。她马上明白，他早上是和兆兆通电话。兆兆昨晚来了，没走，今早怄着什么气跑了。

“这张票是给她买的，”大江说，神情坦荡荡的，“她不去了。”

“为什么？”

“噢，为的多了！”他笑笑，不太以为然，也有些不耐烦，“你去吗？不去我把两张票都给人。正好晚上看看书，这么多天屁正事都没干。”

她问一句：“什么电影？”趁他简单介绍电影时，她考虑去不去。如果他绘声绘色，那么他极其希望她去，不惜拿情节诱惑她去；若他只给个客观的解说，证明他的确无所谓。结果他绘声绘色。他眼里有渴望。

霜降叫他等等，她去换衣服。她还想再迟疑一阵，把自己填空缺的处境看得再清些。天平那头突然空掉，这头猛地坠地，他被摔痛了。他此时急需一个分量，把那头坠下，把这头升起，扳回平衡。霜降正是这个应急的重物。她已编好借口：孩子不舒服或孩子晚上没她讲故事不睡，但大江见她先开了口："好啦？"他眼里有对她衣着、形象的赞美。

她一下觉得所有借口都太借口了。

电影是值得一看的。尽管大江睡了大半场觉。多亏了大江，她能看上这样好的电影。她竭力把事情往表层想：她霜降也跟其他小保姆一样，喜欢沾淮海、东旗或大江的光，混个好电影看。她们那样傻乎乎的优越感她也能有：咳，我跟大江去看了个特别好看的电影！谁也不会疑心她对大江有什么，更不会想到大江对她有什么。放着个门当户对的兆兆，大江对一个小保姆会有什么呢？

出了复兴门，马路上的人少了。大江慢下自行车等霜降赶半步上来。而霜降却始终维持着半步的落后。

"快到了，"大江说，"拐弯就是营门。"

“几点了？”霜降问。

“你饿不饿？”他开始往路中间骑，“穿过马路不远，咱们在那儿找个吃东西的地方？”霜降摇头，他笑笑，“我饿了。”

霜降又问：“几点了？”

“你管它几点了！怕什么？大不了不干这个小保姆！二十郎当岁，不干这种鬼差使，你差什么啦？要是你真爱干小保姆，不在程家还有王家、李家、张家。”他把车停在朝鲜冷面店门口。

霜降跟他进去。大部分桌上都坐着一男一女。坐下之后大江开始谈电影，不仅情节，细节他也不落掉。霜降纳闷：你不是睡着了吗?

他说：“这电影我看过两遍了。兆兆没看过。”他似乎突然语塞。

霜降想，他现在明白他需要的只是个填补空缺的东西。她还想，话千万不能停在这里，停长了她不会再有力气塞在这个空缺上。

他缓慢地抬起眼睛，不是一向神气活现的那对眼：“你想我是拿你填那个座位的，别人造成的寂寞拿你来解？不是。本来就不是为我自己买的电影票，她不去，我也不必再看一次，这两张票大可以送人情了。我头一个就想到你。记得我第一次见你吗？我约你出去，那时就想到把你带到院子外面去。程家大院是个酱缸，在里面的人想不被酱着都不可能。你看你，也被酱焉了，你本来有个挺锐的脾气。”他笑了，有点酸楚的样子。

对他这些话能搭什么茬儿？只能也笑笑。是真的有点酸楚。最早使她意识到他们之间尊卑悬殊的不正是你大江吗？你几乎直言告诉我你嫌弃我。从那时我就明白，你我是天与壤，无论我在心里多喜爱一个像你这样的男人，只能永远属于心里。我没权力被人喜欢，只能被人捏捏碰碰，解个闷，或填填空缺。

她没说这些。现在她心痛时也可以笑得很好。再说干吗心痛呢？出来和他看看电影，坐坐小馆儿应该是挺开心的事。他那样看你，就让他看吧。调情有多种方式：淮海往你身上捏，将他手轻轻打回去，就回答了他的调情。大江看，你看回去，也是有来有往，不乏调情意味。她却不能够，假如她把她与大江的关系处理成调情，她就再不可能默默享受她对他无望、因无望而纯粹的爱。她这时意识到：这种无望的爱是她的快乐。因为无望，她便不必期待回报，也不必费神费力去索取回报，更不必因索不来回报而不满。无望也使她从不妒忌兆兆。她不愿见大江，不愿大江对她有任何超越调情的情感表白，就是为避免那无望升格为有望。人一旦有望就变得不易满足，有碗里的想锅里的，并如履薄冰，生怕一脚踩空，坠进失望。而失望能加害于本来就无望的人吗？当然不能。

大江在她想这些时讲起自己的所谓自我设计：要做个科学家式的军事家，要改变这支没文化因而愚蠢的军队素质，要写现代兵书，要向人们证实他今后的成功与他的草鞋权贵家庭毫无关系。他本人绝不是个“绿衣巷衙内”。兀突地，他提起兆兆。

“她很聪明，是个难得的认真的女人。”他眼睛略向上翻，想还有什么词去形容他对女朋友的满意，“她好学，不俗气。对了，她的字写得特漂亮！”他再次抬起眼，像是赞美词多得他无所适从了。

霜降诚心诚意分享他的满足和幸运感。

他很轻地舒口气，说：“问题是我不喜欢她，就像她不喜欢我一样。”

霜降警觉起来。

“我俩在一起，只因为我明白她合标准，她也明白，我具备做她丈夫的条件。标准和条件都有，就是喜欢没有。更别说爱。所以我们在一块儿很累，太人为地想培养那个喜欢。”

“你们什么时候结婚呢？”霜降被自己这句横着出来的话吓了一跳。话问得多乡里乡气，缺斯文。既问了，她只得做无心无肺的样子挤挤眼。

“我毕业论文写完以后再看。可能10月，”他说，“那时我的部队实习也结束了。”

霜降感觉一脚踩空了。冰裂了，冰下面是无底的失望。什么时候她竟走上了希望的薄冰？是他引她走上来的。

她说这冷面真辣，他问：“你辣出眼泪来啦？”他掏出叠得四方见棱的白手绢，问她要不要。她要了。突然想到兆兆也要过这样的手绢。

一阵几乎是幸福的怨恨：我本来安安分分，你这是要把我往哪儿引？给还手绢，她站起，说这回真的该回去了。

大江不动。两人一站一坐地沉默。店里所有的一男一女都在甜的沉默中。“喂，你什么时候走呢？”大江兀突地问。

“到哪儿？”

“我给你找的那些补习课本不见了，”他停顿，观察她，“你把它们拿走了。考得不错。什么时间离开我家去当大学生呢？”他笑了。

她看着他。你暗中一直在关注我，正像我暗中始终期待你关注。两人走过窄门时，霜降觉出自己肩上有了一只手。她扭头去看他脸，希望他这回能告诉她那手意味什么。她看到的脸是微仰的，有心事的，似乎守着太多心事，他完全不管自己的手去了哪里。

“咳，霜降！”谁在叫？一个坐在门口桌边的男人站起来，看看霜降，马上又去看大江。这男人头发烫过，长久不洗因而结成绺绺。

“是你呀！”霜降认出了那个把她领进程家院的小赵。她同时感觉大江扣住她肩的手没了。

“我复员啦！在贩甲鱼！好挣！要不是你上次卖那东西提醒我，我还真不知那东西会在北京城主贵！我见你大了……”

“我大收着我寄回去的皮裤子了吧？”霜降感觉到大江的厌烦，却仍忍不住将家里、村子里这个那个问个遍。

“他，是大江吧？”小赵问她，然后笑出一个完全不同的笑向大江，身子快速一矮，又一高，出来个滑稽的礼节。大江伸出手去握，叫着：“小赵哇！怎么样啊？”霜降吃惊：眼前的完全是个年轻的程司令。她忆起四星说的，某一刹那父亲会附着于他，控制他的行动。她没想到那神秘的控制也会出现在大江身上，无论他怎样自认为他与父亲不同。

在这点上，四星竟多些自知。

大概由于小赵打量他俩时目光的狡猾，大江不舒服了，往下骑的一段路，他不发一语。或许他还突然看到一种背景：穷僻粗陋乡村中的一座农舍，捧大碗喝粥的儿女们管父亲叫“大”，霜降就属于那里。

八

早晨，霜降仍采了柏树叶回来，她知道它们第二天一定会被扔进垃圾桶。程司令早饭后总是大声问："今天有没有弄些柏树叶回来啊？"人答有，他才没话。几年前他得了治孩儿妈病的偏方，从此监督人采柏树叶，好在他从不去张望垃圾桶。

孩儿妈拒绝被治愈，似乎生病使她空洞的生活添了一大内容。

又到了竹躺椅出没的季节。中午前顶静，等于别家的午夜。霜降送了孩子，洗好晾毕衣服，就有一会儿消闲看看书。程司令一般早上不叫她，早上他要读报、剪报（凡是他认为重要的文章他都剪下贴到一册巨大的簿子里，所以报纸经了他的手剩不下什么整块文章供其他人读了）。他也在早上乘车出门，都说他去办公，却不知还有什么公务需要他衣冠楚楚、身后跟着小跑的警卫员去办。

霜降见东旗的大猫在盘一只毛线球，赶紧唬走它。毛线已在花坛上缠成网，费大劲才解开。顺毛线走，霜降看见了线那端的孩儿妈。她的竹躺椅搁在樱桃树下的阴凉中。樱桃摘过了，叶子硕大起来，绿得油腻。树中有风，绿色漫了孩儿妈一身一脸。

霜降见她两手把着毛衣针，并没有一丝动作。毛衣织出有一尺了，她停下来，似乎忘了她在织给谁：她有众多的儿女，谁更需要它？据说孩儿妈向来对疼爱孩子是极谨慎的。自从程司令向那秘书开了枪，她从不敢让自己对任何一个孩子有偏倚，那偏倚会马上引起程司令的怀疑。发现四星喝的是牛奶，而其他孩子则喝豆浆，他找来孩儿妈问："他凭什么特别？"

她答："他比其他孩子弱。"

他问："他为什么比其他孩子弱？一圈的崽子，吃一样的食，偏偏他弱？"

她见他目光越来越暗，忙说："他生下来就弱！先天弱，后天也弱。"

他慢慢点头："噢，就那么不像我。小尖下颌，眼老泪汪汪，从小就一副勾引别人老婆的相？"

她忽然明白他指什么。"天打五雷轰，他不像你像谁？"她哭着赌咒。

"我哪里知道他像谁？"他冷笑，"你要不知道谁会知道？你不知道你干啥偏袒他，让他吃偏食？”

从此孩儿妈明白，她对哪个小孩个别的疼爱就是给哪孩子招灾祸。她必须对所有孩子都保持一副温乎乎的表情，吃饭时不督促任何孩子多吃，随他们偏食刁嘴。对谁的功课都不问津。好的不能赏，被她赏了很可能要遭父亲的罚；坏的亦罚不得，父亲会赏他，然后他或许会仗了势坏下去。两个孩子打架，她从不拉，一拉必明白其中谁得道谁失道，万一露出褒贬，她和孩子们又不得安生一阵。连编织毛衣也不能过早露出意向。孩子问：“妈，你给谁织啊？”她若答给谁，谁就得让父亲横看竖看，谁也经不住那样看，看久了总看出蹊跷、疑惑，甚至恶感。她总说：“瞎织织，看谁穿了合适吧。”她随后会叫所有人来试毛衣，最后总有人合适它。实际她就是比着他的尺码织的，但尺码永远只能在她心里。

孩儿妈没意识到立在近处的霜降。也许她在回避意识。霜降想，她现在心里有谁的尺码呢？川南的？川南终于向人宣布，她要和最后这个男朋友结婚了。她领男朋友回来，头一个问淮海：“你看他像谁？”

淮海说：“我看他挺像个男的！”

川南半天才反应过来，当着牌桌上所有人说：“上床比比，看他比不比你像男的！”接着她说，“你得跟老婆搬出去，我得在你房里结婚。你外面有房，打着程司令名义诈到的四十平方米的房……”

淮海叼着烟摸着牌：“那是我的工作室！”

“我饶了你，不揭发你个臭流氓在里面搞什么鬼！”川南道。

“哪有什么鬼？不就搞搞女人？外国的大导演谁不搞女人？”

“大伙听见了吧？”川南转向众牌友，“你要敢不让房给我，我就告诉你老婆！”

“我搞女人我老婆才高兴，不然她怎么知道程淮海女人一大堆，老婆只讨她一个？搞女人越多，我老婆越得意：我是东宫娘娘！”

当时，川南碍着牌瘾没认真吵，不久，人见她抱了被子、褥子进了淮海家。那天淮海不在，他老婆一人堵门。

“你还不让开，等我拿张纸给你捏一边去！”川南说。

淮海老婆绵性子，不紧不慢说：“我要是你就不结婚了。老都老了，锈都锈住了！”

等人叫了程司令来，两个女人已在地上了。两人都凄号：“爸——爸！”

东旗趿着鞋走到气得一蹿一蹿都讲不出话来的父亲身边，

说："爸，让两只母猫咬去吧，她们咬完晚上接着打牌，您老这儿又血压高又心律不齐，何苦？"

地上的两个仍哭着叫"爸"。程司令甩开东旗搀扶他的胳膊："我不是你们爸！你们不用叫我爸！我怎么养出你们这些儿女！"他打跌地走开，一边唤，"我的洪湖哟！"洪湖是他出国的大儿子。程司令也唤过大江、东旗，甚至四星，只要他们不在他身边。谁离他远谁就在他心目中变得完美，谁就会在这种时候被他唤着、想念着，与他身边这些不肖的做对比。

程司令指着孩儿妈说："看看你生的这些东西！"

孩儿妈听到这话竟有几分得意：现在你认出他们是你的种了吧？耍横动粗时他们个个都是你！没有你，我哪有本事生出这种东西！

最后的协议是东旗让出她与川南合住的卧室，她住学校去，父亲每月给她一笔钱做补偿。东旗是头一个搬出程家院的儿女，除却嫁出去和调到外地的那些。

孩儿妈也许是不忍东旗分出去住，这件毛衣是织给这小女儿的。据说孩儿妈曾经把东旗打扮得很怪：齐眉刘海儿的童花头，毛线小外套下一件小旗袍。东旗发现母亲通过她再现她自己的童年，而那个幸运童年注定连着不幸的青年、中年和晚年，她愤怒了。她从此要按自己的喜好买衣服、留头发，竭力避免去重复母亲。她与那美国男朋友决定要私奔那天，她戴了条淡灰的长围脖。私奔失败，她无意发现母亲房间的墙上有张照片，上面一个围长围脖的少女跟她一模一样，那是年轻时的母亲。东旗对人说过她恨母亲。为什么？她却没说。也许因为母亲用女儿复制自己时制出许多个一模一样的失败，包括失败的私奔：她们都没有从同一个男人的控制下逃掉。

并且，东旗也从内质中无法逃脱母亲的复制：无论她怎样好斗、挑衅，最终她总是让步。婚前她向父亲让步，嫁了父亲中意的女婿。婚后她向丈夫让步，回到娘家，让丈夫去爱他始终在暗中恋的女人。嫌社会太闹，她隐居在家；又是家里烦了，她隐居到学校。虽然她不断和人斗嘴，但真有是非她总是披衣趿鞋在局外溜达。她的披衣趿鞋和孩儿妈虽然在风格上有区别，本质却一模一样。本质是她们那彻底灰心后的快乐。

霜降将毛线球缠绕整齐，一边摘掉在线上的草叶。这样也没惊动孩儿妈。她像是有形无神了。她还有无形有神的时候。那晚上霜降与大江相互跟着进院子，轻手轻脚锁车时，发现孩儿妈从花坛边走过。见他俩，她唬一跳似的站住了，意外极了的样子。而霜降却不知从哪儿得到的感觉：她一点也不意外，她伺候和窥测着他们、人们。

“噢！捣蛋猫……”霜降将毛线球递还给她，她对霜降笑，神志却根本没参与这笑。半年前，霜降向孙管理提出辞职，还没等回答复，四星的事发了。在四星自杀的理由没弄清之前，院里勤杂人员不能动，孙管理对霜降这样说，谁的话？孩儿妈的。孩儿妈一向有神无形地干涉院里的事。

“听说你决定不走了？”孩儿妈问霜降，未等答她缀一句，“留下好啊！”她这时笑得神形合一了。

霜降想说：我哪里讲过我想留下。但她知道她已被“决定”留下了。这院子的人进或出、走或留都是被“决定”的。

“他现在需要人照顾。”孩儿妈说。

他，当然是四星。出院后的四星话少觉多，享受了一个多月的自由，主动回避家庭晚餐。经常地，还是霜降将饭端上楼。饭后他总是散散步，有时也去看人打打麻将。牌桌上有人向他借钱，他也借得不骂骂咧咧。总之他变得很温和、宁静。或许唯有霜降感到他的温和宁静恰恰像一场绝症的潜伏期。

“他出院以后简直换了个人一样，那么……那么……”她举起手中的半截子毛衣端详大小，又似乎借它的颜色形容四星，那么柔和，那么似是而非、莫名其妙。

它是织给四星的吗？那么她对四星是有偏爱的？因为她最初的偏爱招致丈夫对四星的虐待，又因为丈夫的虐待，她补过一般更偏爱得多些，更蹑手蹑脚些。这样，四星如今就成了这个逆循环的恶果。

霜降忙说这毛衣颜色真好。

“嗯，男的女的都能穿这颜色！”孩儿妈像是心里有了靶子。那靶子会是兆兆吗？大江到部队实习的前一阵，兆兆来得很勤，常听她孩子气的嗓门儿：“大江，打会儿球吧？”“大江，我骑摩托你坐后面，怎么样？”“大江，你帮我把那猫逮住！非治它不可，它搔我脸！”兆兆和大江打羽毛球时，会围许多人观看，有时连孩儿妈也悄悄挪近，眼高高低低地随着兆兆起落。兆兆总是一身短裤短衣，腰里系一件羊毛衫。有小阿姨问：“兆兆，你干吗不把毛衣穿上？那样能暖和吗？”

兆兆没有回答。后来人们发现，她总是把不同颜色、式样的羊毛衫系成不同风格，才明白那样系便是矫健潇洒，是种装饰。不久，小阿姨们打球时身上都系件羊毛衫。

很快，就见孩儿妈织这件毛衣了。

接过霜降递过的毛线球，她轻声说“谢谢”。意思像打发霜降走开，却在霜降欲离去时说：“大江走是你去送的，对吧？”

“对呀！”那是个清早，大江叫住刚起床站在院里梳头的霜降，问她能不能帮他把行李用自行车驮到汽车站，再把车骑回来。大江一向不调遣父亲的司机和警卫员。

霜降边回答边观察孩儿妈的脸。这脸上你休想看出她心在怎样琢磨你。

“大江这孩子从小就和用人们处得来。过去有个老用人的儿子到现在还跟他通信！”她慢慢开始编织，“兆兆那姑娘事业心很强，这一阵说是开始给主刀医生当副手了。不然大江走她会来送的。”

何必又是用人、又是兆兆地提醒我？难道大江会做那么糊涂的事，为我去得罪兆兆？难道我有那么高的心去夺兆兆的位置？尽管那个清早大江头一次吐口说他喜欢我。

在听孩儿妈聊大江怎样与其他程家儿女不同，兆兆怎样出色，人们怎样认为他俩天设地造地般配，霜降随口附和着，心里却油然生出一股对大江的怨。怨那个清晨的他。

那天早晨他说人不能选择父母，要是能选择，事情怎会那么复杂。他的话渐渐乱起来，说他对女人的爱部分取决于那女人爱他的程度；他只爱爱他的女人。要是爱他的女人恰巧美丽可爱，他就不再管得住自己。“我不是在说兆兆。首先她不美，其次她骄傲得爱不起别人来。”

霜降的手用力托住自行车货架上的行李，气也不敢出，眼看自己那份乐天知命、安分守己的无望再次被带到希望的薄冰上。

“我知道你喜欢我。”他说，眼神和声调都那么郑重，如此郑重地耍无赖，把起因后果都归于了她。

她知道她不该问起兆兆，结果还是问了：“你和兆兆吹啦？”

“没有。”

她完全不懂这局面了。

看出她不懂，他说：“我希望我和你一样，有个普通的家庭，劳苦的父母。然后我奋斗。我奋斗出的东西都是我的，谁敢说它们归我父亲？我要人知道无论我程大江的父亲是干什么的，无论有没有父亲，我都有不变的价值。女人也一样，她的价值摆在那儿，那价值什么父母都给不了。”

到汽车站了，霜降说她得回去叫孩子们起床，弄早饭给他们吃，然后送他们上学。她用这些提醒他她是做什么的。兆兆呢？每天被保姆叫起床，吃保姆弄成的早饭，被父亲的轿车送去上班，白大褂飘飘的，人跟在白大褂后面叫“赵大夫”。也许这对比起作用了，大江将行李拎下车架时对她说：“喜欢我是很不现实的。”他伸出手去和她握，“就像我喜欢你一样不现实。好吧，再见。”他跨上汽车，扭头对她笑一下。是那样笑的：眼里有遗憾，嘴的一边老高地翘着。似乎看透了她，只要他要，她就会给；她给时，就会忘掉她被轻视甚至被欺凌的处境；她给，是不求结论的。

现在霜降想，仅那笑，也足以使他对她的喜欢成为完全靠不住的东西。

这个家的子女都会那样笑。假若有那么一天，有那么一个单薄秀气的男孩（传说中是那样个男孩）出现在这院里，胆怯地、羞怯地管孩儿妈叫“妈”，霜降会马上知道他是谁。他是一段不体面但真诚的感情的孩子。那多么好，霜降想，他一定不会这样笑。院里不会有人理睬他，包括孩儿妈。霜降会理睬他的，她宁可跟他一块儿走出这院子，这院子里的人个个会斜着一只嘴角笑。

那个不会斜着一只嘴角笑的男孩在哪儿？真像人们传说的那样，被娩出孩儿妈的母体不久就死了吗？

霜降从神形再次分离的孩儿妈身边走开。假如她霜降注定属于程家院的一个男性，她该属于他。唯有他不会拿那斜一只嘴角的笑来欺凌她、轻慢她。

九

淮海老婆出国后，李子半公开地跟他同居了。小保姆们吵架时常相互揭短："你不要脸，让淮海摸熟了、捏烂了！""你要脸，你挺上去脱光了也没人摸你！"李子的事就这么吵出来的。吵到程司令那儿，程司令叫了淮海去他书房，父子俩声高声低，全院子都屏住气听。

"肚子搞大，你要挂我的名去给她找医院，我下了你的大胯！"

"肚子大了总得找医院……"

"撵出去！你不撵她，我叫人卷你的铺盖！你在外头欠过女人啊？你那个男盗女娼的电视台里多少女人？你一个个往家拖，我都没管过！兔子都不吃窝边草，你偏偏在家里不得闲。告诉你，畜生！第一，我没钱给你；第二，公安局找你麻烦，我不认得你！"

李子并不怕解雇，她梗梗脖子站在院子当中说："撵我走？淮海，我不是你那糖稀老婆！只要你敢杀，就杀了我，不杀，我肚里故事多了！老实说，我也是人玩剩了给你的。谁玩的你别问，问诧着！哼，别想把我也当那个女疯子处理，我认识的小保姆、老保姆多了，这边你们灭我口，那边上头就晓得一五一十！天下不都姓程……”院里除了孩儿妈还在她的竹躺椅上扑打扇子，几乎全都紧在花坛前，李子则站在花坛上，像当年女学生做演讲。有人说：“快去叫孙管理！”

“孙拐子来正好，姑奶奶晓得他身上有几颗痦子！说错了，捉我进大牢！我倒要看看这些揩净油的男人有多大底气撵我走！”说着，她朝程司令书房毒毒瞟一眼。

这回连川南都只敲边鼓一样骂一阵，没上去格斗，一方面她自己有身孕，另一方面她也听出李子的话不是虚张声势。

几天后李子仍是被解雇了。川南拿了根擀面杖跑到女佣居室，砸碎李子所有的瓷器与玻璃，边骂：“小婊子，让她告程家的状去！看她告得倒谁！看她手眼通天！叫她告！告阴的！告刁的！”

屋里砸到屋外，砸到后来也忘了屋是程家的屋，她把窗玻璃也捅碎了。孙管理拐搭着腿跑来又拉又劝，程司令和孩儿妈却不见影。

晚上淮海从外面回来，嘴里哼着歌，见院子静了，只川南一个执着擀面杖来回踱，稀罕了，问：“川南，又抽什么风？”

“帮你教育你那小蹄子！”

“有你什么鸟事？回去和你爷儿们好好练练床上的，别每天闹出那么大动静，让别人听了也不知你俩谁虐待谁！”

“臭不要脸的！……”川南端着面杖就去追淮海，淮海赶紧进屋闩了门。川南杵一杖骂一句：“警察正操着你的心呢！过了初一你过不了十五，不是看老爷子的情面，你个歹徒花贼早下大狱了。你以为你那就是玩玩女人？你那是淫乱团伙！你罪还轻了你？看黄色录像都嫌劲儿小，非看活人表演！还叫什么‘观战’！臭流氓，你敢说不是？你敢出来扇我你姑奶奶说她造谣？说呀！敢说你们那些狗男女没在一块儿配种杂交，跟牲口一样交给人看？！……”

淮海在里面把摇滚乐开得整座楼一蹿一蹿的。将军终于出面了。

“川南，你给我马上滚回屋子！”

“淮海造的孽您……”

“马上给我滚回去！”他转向其他人，“都回屋子！彻底地无聊！完全地堕落！饱食终日，不干好事的下流坯！”骂得院子肃穆井然，他才歇口回自己卧室。他不知道这院子照样在十点半之后活转来，照样有红男绿女造访，照样无聊地快活，川南、淮海照样谁也离不开谁地坐到牌桌上。

这夜，女佣们的居室也斗胆不熄灯。所有小保姆都从自己主人家冰箱拿点什么，各自烧炒出来凑一桌席。平常日子她们也间或开开这类夜宴，但向来都只敢吃“阳春面”，最多甩些蛋花进去，还是帮厨房搬鸡蛋时故意打碎，再从厨子那儿求来。她们之间虽然有仇有怨，永远有你死我活的争打，但程家人只要发她们中任何一个人的难，她们立刻“姐妹”起来，“手足”起来，就像前些年的政治术语：阶级矛盾替代了人民内部矛盾。

酒也是凑的，所以喝一会儿大家便晕晕地高兴了。李子的脸像水肿一样红得透明，挺幸福地讲起十年前她怎样被程淮海糟蹋。

“告他啊！”

“告啦，”李子半点泼都没了，衰弱而温情地笑笑说，“告到谁那里，谁就同情我，同情得也往我身上下爪子。后来自己也不干净了，告状的劲头也没了。”嘴还笑着，两颗眼泪却流出来。于是大家又晕晕地感伤了。

哭干净，大家互相关照：“吃，吃啊。”有人把川南白天骂出来的“观战”拿来问李子，说那些话听了像懂像不懂的。

李子嘴一啧：“怎么会难懂呢？就那样男女混着抽签，抽到一块儿的一对就在人当中做那事，剩下的就围在边上看嘛！那些男人带的都不是自己老婆。”

小保姆直说：“活畜生！”又直问李子是“观”了还是“被观”了。

“我有那么猪啊？”李子说，“淮海带我去过一回，去的时候已晚了。他拽我到人圈里，乍看到床上明晃晃两个身子，唬得眼都黑了，半天没搞清那是什么……”

“都是些什么男人、女人？”

“女人哪来的都有，男人都是淮海这种高干崽子。我哪里告得赢？有人掏程家的茅坑，程家也会掏回去，怕被人掏就不掏别人。”

李子微微晃着颈子，浪浪地笑着。她的十根白净的、肉团团的手指上戴着各种假宝石。她将它们略一伸展，眯眼把它们一打量，马上又缩回它们去。似乎她没想到它们会是这副样子：这么艳丽青春却不尊贵。

她意识到霜降在看她的手，她马上看回去，眼睛有点恼。有人打哈欠，李子顺势说：“睡喽睡喽，明早要回人间喽。”

霜降这时拿出一条丝巾，给李子，说处得都跟姐妹一样，留个念头想头吧。其他人懊恼遗憾：怎么就霜降一人想到了。

李子接过丝巾正反看看，说这么贵的东西啊！霜降，你现在是不一样啊！她笑，笑出一种腔来。霜降从头上拆下辫子，发现李子要说的远不止那两句。

“你是半个程家少奶奶呀，霜降！今晚真不容易，也从程四星那儿抽出身跟咱们‘姐妹’‘姐妹’！”李子想找呼应，扭头四下笑道，“对吧？”人都跟她一样笑得赖，却不应她。

霜降想，真较上，李子一副唇舌不见得利过她，她霜降也是田埂上、麦场上学过野的。但她打算能让李子多少就多少，不去吵，吵会把两人的体面都伤完。李子横竖早没了体面，颜面也极老；她已和颜悦色承认自己不干净，与人勾搭、做人姘妇，她已把全部要害露给你，她反而没要害了。没要害的人才笑得出这种刀枪不入的笑。

再过些年，霜降也会笑出这种笑。多年前的李子也是碰碰就羞，为自己最大胆的虚构和最傻的念头幸福和痛苦过的，也等过灰姑娘式的奇迹发生。她不及霜降美和聪慧，这反而使她早早觉醒，让自己放明白了。于是她学会了另一种愉快，一种基于自暴自弃的愉快。霜降对着李子的笑脸怕似的闪了几闪眼皮。

“好了，不逗你啦，”李子宽宽嗓音，“好好读你那些复习课本，说不定真考上什么学校，跟四星重新摆摆位置呢！四星有钱，供得起个女学生——管他疤不疤，只要有‘欧米嘎'！”她笑得很响，像把一切不顺心都发出来了。

小女佣们也跟着笑，笑得那么狠，每个人都明白自己在笑什么，每个人都有深隐的一块痴心值得她去狠狠地笑。霜降明白她有一天也会和她们一块儿笑，望着自己宝贝过的一个梦想，像成年后笑自己儿时宝贝过的一件玩具：它多没价值啊，却曾经让我秘密地快乐过。

她们认为霜降的梦想是四星。她们笑霜降给两个孩子读故事书时的认真，以及她与两个孩子之间那份似似乎乎的感情。有回霜降哭，小保姆们问怎么了，她说都都跟淮海的孩子打架，拉架时她竟挨了都都一脚。

“拽他到大人看不见的地方，你踢他十脚！他告状也不怕，没人看见你可以赖干净！”她们撺掇霜降。

霜降唬着一样连说那怎么行，她忍不下心的。

“你待他好，指望他有天叫你妈呀？姓程的一代比一代坏，他们长大，肯定比他们的爹更祸国殃民，那时你想打也打不着了！”

正说着，都都走过来，怯生生挨着霜降坐下，替霜降拍拍被他踢脏的裤腿。小保姆们跟见鬼一样一哄而散。霜降知道她们背地里会说她什么：霜降在孩子身上下那么大工夫，程四星也不会领情。不是传那俩孩子不是程四星的吗？他好不容易获得跟他孩子天天见面的自由，也没见他和孩子亲热过一会儿，你霜降不是瞎使劲吗？

出院后的四星像是经历过死，既然死能了结所有恩怨，现在再看他上辈子的人和事，常会那样哑然一笑。看着他的孩子，管他们是不是他的，他也这样自己跟自己无声地笑。听人们向他咒骂六嫂，听人们在饭厅里拌嘴嚼舌，或背地里发父亲牢骚，他统统给予这种笑，像是所有的痛苦、不幸、烦恼就只值得这一笑。他甚至连笑都懒得笑，主动提出回禁闭室用晚餐。霜降每晚给他送饭，搁下饭寻各种托词尽早离开，他也这样哑然一笑。他这样笑，霜降反而不急于走了，似乎某种好奇心使她越来越长地陪他，想看透他究竟为什么这样笑。他这样笑是不妙的，她意识到。他像是从自己不成功的自尽中获得一个新的生活目的，他满心在筹划去实现它，因而对周围人无目的或目的太旧的生活只能报以这样的一笑。霜降想弄清的，正是这个目的。

她留神到他吃饭看电视的习惯仍保留着，却不再那样不依不饶地和电视主持人争执，不再评论任何事物。又有领导人接见外宾，签合约；又是这个先进人物那个模范事迹，他一律认真恭敬地看，看完一笑。这一笑让霜降真的感觉到现实世界就那么可笑。

他发现霜降在看他，便伸手搂住她肩，动作竟那样正常，甚至有了些温暖。接下去，他会吻霜降，没了过去的轻浮或故作轻浮，很正常随意地在霜降脸颊上一吻。若霜降躲，他便认真瞪着她，她的心会为这认真动一下。见她也认真成那样，他却又笑了。这时的笑更成了谜。

霜降被这谜一样的笑迷住了。

“四星，你笑什么？”她有时问。

他总装傻：“啊……”

“四星，你变了好多，从你住院那时你开始变的？”

“真的？是变好还是变坏？”他把霜降的头放在自己肩上，用自己脸颊去蹭她的头发。他过去绝没有这种动作。

“不知道。”她回答。一边伏在他肩上，发现他不再是副人壳子。他的体味也变了，戒了烟，他闻上去清爽许多。那种几乎嗅不出的体味甚至使她感到舒适。

每次总是他打个长哈欠，然后关掉电视。像正常的夫妻之间的对话，他问：“睡吧？”

她慌着站起身，说要走了。渐渐地，她竟有些不舍地将头从他肩上移开。那是个成熟稳定的男性的肩，并宽厚起来，温暖起来。

他会再次吻吻她，那种认真和随意使她真实地感受到他对她的珍惜和尊重。这不正常的关系被他处理得那么正常，简直是个奇迹。她不再是完全被动的，她将脸倚上去，某一回，她竟吻了回去。

她被自己吻回去的那个吻唬一大跳。

四星却笑了，叫她出去时帮他关上走廊的灯。他把刚有的一点儿不正常马上正常化了。

8 月中旬的一天，雨下得天早早暗了。霜降站在厨房灶前愣神，想着四星的晚饭。她越来越多地在四星的一道风味菜上花心思和时间了，这天竟想不出花样，愁起来。

比平常稍晚，霜降抱着个大纸箱到四星屋，进门就对他宣布：今晚她和他一块儿吃，吃火锅。她边说边打开纸箱，取出备得精细的料，一碟碟摆开，摆一只碟她看四星一眼。

然后她摘下雨披。

然后四星抱了抱她有点湿的身体。他说："你头发上净是水。"他走过去拿了条毛巾，"来。"他解开霜降的头发，替她擦。她一下明白他是生来第一次帮人擦头发，告诉他："头发不能竖着擦，要这样搓着擦。"他就搓着擦。

霜降转头看他，她看见一个秃顶的、微胖的、实心实意在喜爱她的男人。她立刻问自己：你喜欢这男人吗？自己答：不，但我喜欢被人喜欢，我得识察他有多实心实意。

霜降将四星的一只小电饭锅代替火锅。

四星看她忙。她说“你帮我调点芝麻酱吧”。他问：“怎么调？”“就这样顺我调的方向调，反了，它会泻。”四星的动作规矩得呆气。霜降看着他，心里纳闷这种感人的宁静是怎么来的。难道她会被他引出一种感情？它里面没有爱甚至也没有喜欢吗？

他像猜透她感觉似的，喃喃地说，第一次找妻子他要漂亮的，第二次他还要漂亮的。

她有点紧张了，问：“第二次啦？谁呀？”

他慢慢说：“你呀。你还不知道吗？”

“我是你家小保姆，人家要丑化我俩了！”

“随他们去。我不愁那个。我愁我现在在服刑，不能娶你呀！”

霜降想，他话里没有激动、没有热情，最重要的是没有游戏。

“你愿意做我妻子吗？”

“等你再有七年刑期满，你那时准不要我了。你那时又是程家少爷了！”

“七年？我会等七年？我那么任人宰割？”

“那你怎样？”霜降听出他话里又有了曾经的残忍。

“我知道我该怎样，现在还不能告诉你。”他低下头吸粉条，但霜降看见他又笑了。他这回真正是对自己笑，为自己的一桩密谋在笑。

她觉得她离他笑的谜顿时近了。“告诉我，我不会告诉别人的！”

他话避开：“你愿意嫁给我不？”

“我连个城市户口都没有。”

“我给你买个户口，我有的是钱。你读什么书，进什么大学，费事，买个文凭不就成了？这世道，什么是真的？”他宽宏地叹息一声。

“都不是真的？”

“都不是。”

“你说你对我也不是真的？”

“这样下去有希望成真的。小傻孩儿，什么东西都要时间久了才知道它是不是真的。不能一开始就认定什么是真的，一旦你发现它不如你想的真，你就失望了，指控它全是假的；如果你不那么当它真，发现了一点真，你就感激不尽。我和你，我今天能发现那一点真，全归功于我当时的不当真。”哲理到这一步的四星忽然问霜降，“我芝麻酱调得对吧？”

晚饭后，四星就着一个呵欠问霜降：“在这儿睡吗？”问得那么自然平淡，把其中的异常和不好意思全淡光了。就成了很朴素的依恋，一种习惯上的依恋。

多天后，霜降意识到四星那平淡自然却执拗重复着的问话有着神秘的征服力。她从一开始就不觉得它刺耳和乍然，渐渐地，它的自然平淡使她忽略了它本身的意义：不在这儿睡吗？它是这么信赖和体己。再往后，她到了这样的边缘：他若再添些恳求，她一定和他一块儿躺下了。他却从不恳求。仿佛她终究属于他，还贪什么急什么？

这天他终于改了种说法："不陪我一起睡吗？"霜降不动了。她在自己心里突然发现一点真，一定是四星曾说的那一点。原来爱和喜欢都可以没有，只要有了这点真就可以和一个男人睡觉了，就可以和他过起来了。

四星从卫生间出来，嘴角挂一点儿牙膏沫。他问她睡左边还是右边，低下头铺毯子时头顶那块秃亮亮的，坦荡荡地亮。他像个老丈夫了。那平淡自然使她感动得有些心酸。

她开始脱衣时有人敲门。

她马上抓回衣服往身上套。

"谁啊？"四星问。

"睡了？四星？"是孩儿妈的声音。

"没有。等着。"他起身朝门走。在他打开门时霜降扣好最后一颗纽扣。

孩儿妈说她托人买了一种药水，涂了会长头发。四星笑着问干吗非要头发。孩儿妈说：“唉，怎么可以没头发？你爸和我都有头发，不是遗传的秃就能治好。试试这药。”四星接过药。母子就这样一里一外地谈。最后孩儿妈说：“自己不好上药，让霜降帮你吧。”

四星“嗯”了一声。

孩儿妈问：“她在你屋吗？”

四星“啊”了一声。不想回答的问题他现在都这样“啊”，像听不懂，也像不置可否。人们说，四星让安眠药弄迟钝了。

孩儿妈走了。霜降明白她来做什么。

“四星，你妈是来提醒你的，”霜降躲开四星搭在她脖子上的手，他还在维护那已奄奄一息的宁静，“她来提醒你不要犯糊涂。你明明什么都知道，不然你怎么会……吃那么多安眠药！”

四星定住，眼睛和面部肌肉又呈出曾经的神经质。他当然被提醒了：半年前那个头发散落的霜降对他失口喊出：“你们程家老的、少的都作贱人啊？”……他当然被提醒：父亲巨大的阴翳笼罩着他的性命甚至他内心最隐秘的一点欣慰——这个叫霜降的少女。他当然被提醒：那夜他证实霜降身体上已烙下父亲的指痕，他开始积攒安眠药。

既然一切都被瞬间提醒了，长长一段宁静淡然便成了虚伪。

“我知道你没错，”过了好一阵，四星似乎恢复了正常思维，“我父亲要做什么，他就敢做什么，我常想杀了他。我知道我杀不了他，他镇着我，捏着我的小命儿，”他扳过霜降的脸，“要是我是自由的，你不会落在他手里的，我可以马上娶你，带你走。”

霜降淡笑一下。和你走？去哪里？去作恶？她说：“我还是一个人走的好。你妈已答应我走了，等下一个接替我的小保姆一来，我就走。”

四星慢慢点头：“你走吧。”

“我先试试考学校，这一年我也存了些钱，供自己念书勉勉强强够了。考不上，我就找个地方去做工。”她沉着地说。

“去吧，”他抱紧自己，仿佛没指望抱她也没必要抱她了，“我们这种家庭可怕，都是疯子，连伦理天条都没有的。还好，还好，我总算没有……欺负你。我没有太恶劣，对吧？你走你自己的路去吧，小乡下妞儿。”他苦极了地笑一下，轻极了地摸摸她头发，眼里有泪了。

过很久，他问："他有没有……"

"没有。"她回答。她明白他不敢问下去的话是什么。她看着蓦然遇救脱险般的四星，心想，事情反正一样。程度不一样，性质是一样的。她心地的干净反正是没了，灵与肉的干净反正是没了。她仍然按照吩咐去那间书房，仍在他欺负她时朝他笑，这笑是最不干净的。

"你听着，我会带你走。我会去找你，随你去哪儿。从你第一次跑进我屋，我就想：你才是我的转机，不然怎么会那么突然就出现了。什么都不是无缘无故的，一年前那个夜里，你绝不是无缘无故出现在这儿。在医院的三个月，我躺在那儿想透了'缘故'这两个字。"

霜降从四星屋里出来，走到院里，孩儿妈仍躺在她的竹椅上。霜降突然来了种奇想：她从不对这院里人的生活侧目而视，她在安排着什么。由于她谙熟人性，暗暗顺一条条人性理下去。不正是她第一次传话叫霜降去将军书房的吗？不正是她调遣霜降给四星送饭的吗？不正是她半年前不准霜降辞职而突然又同意得那样爽快吗？她似乎在玩环形的多米诺骨牌式的报复：儿子报复老子，女人报复男人，长辈报复晚辈。

她或许不是诚心这样玩儿。

她像个女巫，在下意识地玩儿中，她不向着谁。

然而，她玩儿的结果是伦理报复了道德，喜剧报复了悲剧，冤孽报复了冤孽。

十

9月初的一天，霜降接到一个电话，是个男人的声音，说有人托他带信给她，让她到营门口接应。霜降一路骑车出去，心里巴望别再是那个小赵。小赵自那次在朝鲜面馆遇到她和大江，几番托他在警卫团的熟人带信给霜降，让她在大江面前“美言”他几句，看在他“鞍前马后”保卫过程司令两年的情分上，帮他弄个北京市民户口。信的口气有一点醋意和讥讽：跟你霜降重叙旧情，我是没那份痴心妄想了；既然你霜降已攀上了高枝，啄剩下的果子，也空投给咱救救饥。霜降回信给他，说这事她半点忙也帮不上，她与大江仅是主仆关系，连朋友都算不上，千载难逢地出去一趟，既是偶然也是正常。

而营门口站着的却是风尘仆仆的黑瘦小兵，见了她就说自己从云南来。

云南？大江实习的部队就在云南，霜降脑子电一样快地闪一下。

“我送我们副参谋长回来的……”说南方话的小兵说。

“副参谋长？”霜降想他大约找错了人。

“程大江。”他从军用挎包里掏出一封信，封面上写着“烦交霜降”。她从没见过大江的字迹，头次见连自己的名字都觉得异样了。为什么是我？怎么会是我？

“他怎么了？”他人呢？他怎么会被人送回来？

“程副参谋长受伤了，演习的时候出了事故，他的腿炸坏了！派我们几个送他到军总医院的。”小兵说。

那是兆兆工作的医院，霜降脑子里又过一次电讯。

“他伤重不重？”

“重是重，不过没危险。上飞机之前做过一次手术了，今天是第二次手术。”小兵说得很急，去得也很急。

大江的信不长，只告诉霜降他可能会残废，想尽快见她。还说到兆兆在闻知他受伤的消息后正要动身去日本，去参加一个医科大学的合作项目，他劝她不要等他。他被送到军总医院时，兆兆已走了。信最后叫霜降千万对他家里封锁消息，他怕父亲吃不消这消息，也怕一家人到医院去吆五喝六。

霜降第二天下午到了医院。大江睡着了，脸色还好，人却像老了一大截。那是单人病房，白色铁床置于屋中央，一个向来神气活现的大江一下显得那样无依无助。

霜降发现床周围没有一把椅子。的确没人来看望过他。

她从未见过一个男性睡着的模样，因此这一会儿的打量使她感到有些神圣。他原来是这样睡的，嘴抿得那样紧，像一张从来不和父亲耍贫嘴、不和母亲胡应付、不和女孩子们卖俏皮的嘴。很难想象这样的嘴会不负责任、不计后果地说：“霜降，我喜欢你。”它那样沉默寡言，即便含有一个“爱”字，也该是无声的。

它果真含有一个无声的爱吗？对她这个女佣？别扯了。这张嘴即便启开向她倾吐出一淘箩“爱”字，她也不会信。它启开的第一个动作将是斜着一边嘴角的笑，那笑从一开始就让霜降警觉，对做热恋单恋失恋梦的自己一再喊“醒醒”！

假如果真有一天，它向她开启，告诉她他爱她，接下去告诉她他要她。明知那爱是那要的谎花，或那要是那爱的苦果，她也会给。怎么办呢？她爱他。他要，她给，就算够美满了。

这张冷峻紧抿的嘴吻过兆兆，一定长长地、心笃意定地吻过她，那样的吻会使兆兆和他都感到长久、完满、彻底的相互拥有。那么吻过之后呢？他心里可还有一个小极了的角落？那小极了的角落像是人塞行李箱或填仓库，塞填得再满也难免留下的夹角或死角，他若就把那角落给她，她也要。

她眼睛胀起来。她头一次这样哭，泪水持续地蓄积，蓄积了那样长久，那样满却不立刻流下来。因为她心里并没有悲伤推动它们流下，有的只是一种复杂的感动，为自己和大江无望燃烧却不肯泯灭的那点情谊。

她仰起脸，似乎想把眼泪倒灌回心里。却不行，它们成熟了，它们自己坠落了。她就这样和自己的眼泪较劲，她将它们仰回去，它们寻着别的途径再流出来。强烈的抵触竟使那饮泣愈来愈难以遏制。她想，连自己的哭也变得这样复杂。她不知它还算不算哭，正如她的笑，是否还有笑原本的含意。她在这泪洗面的时刻发现她哭出了痛快恰等于她时常笑出了难受；原来它们是可以混淆的，像好孬、美丑、善恶等概念都可以不相互对立，都可以混淆。在程家的院子里，在她这两年中，所有她认为古传的、固有的、长辈们教诲的众观念都被搅拌得你掺进我我掺进你，辨不出反正、是非了。

她的手被捏住了。伏脸，见大江正看着她。她急忙抽手去擦泪。

“哭那么久！”他说。他看了那么久，玩味了那么久。他说他的伤不值她那么多泪。他又一次拉她手，拉得她只得挨床边坐下。“哎呀，小姑娘啊小姑娘！”他吟唱一样叹道。

霜降问他的手术。疼得厉害吗？刚下手术台还好，夜里不行了，我骂了一夜。现在呢？你撩开被看看，敢吗？

霜降看见一条白得耀眼的腿，一股药味掖在被子下。那条病员裤被剪掉了一条裤腿。

她忽然意识到她不该这样鲁莽地撩开被子。大江大笑了："怕呢，还是难为情？脸红了！你可真是个小姑娘！"

霜降急着转话题，说刚才一个护士硬不让进。今天不是探视日。那护士凶得很！

"后来你怎么进来了？"

"就那样做贼一样进来了，她坐的地方能看守走廊两头。我听她接电话，赶紧贴墙溜过来。"霜降说。现在的笑可算作真正的笑。

大江说她们对他一样凶，要想她们不凶，第一得说他爸是谁，第二，女朋友叫兆兆。不然她们见的大头兵升成的官太多了。

"兆兆没跟人打个招呼，要他们照顾你好些？"霜降问。

"她打了招呼我还敢扯开嗓子骂人吗？"

"你骂什么？"

"什么都骂，一开口就八辈以上！大头兵受伤都要骂，这是规矩。跟新娘哭嫁、寡妇哭坟一样，规矩。"他笑得一嘴牙又全露出来。一向地，他这笑比所有人的笑都饱满。他恢复了霜降头次见的那个饶舌顽皮的大江。

“总有一天她们会晓得你是兆兆男朋友：哎呀，那个乱骂人的大头兵原来是赵大夫的男朋友……”霜降觉得自己快要恢复成最初的自己了。尽管有个兆兆。

“她们恐怕永远不会知道了。等兆兆三个月回来，我们说不定各归各了！”他说。

霜降很高兴自己的心没跳乱。没这个兆兆，会有另一个兆兆，哪个兆兆都没了，也轮不上你霜降。轮不上你，心乱也白乱，不如安分守着他给的夹角死角，无论多小的一个角落。你命里该的，就是那个谁也占不去，想填也填不满的小极了的角落。

大江以为霜降在专注听他讲兆兆。他一个劲肯定兆兆的长处，说她从不否认自己的优越感。为什么否认呢，她该优越，她不像程家子弟那样空洞地优越、不学无术地优越。而正因为她太优越，她学不会爱别人。爱情是种双方都表示谦恭才能产生的感情。“对吧？”他问霜降。

霜降赶紧点头，实际并没真听懂他。

“我想我和兆兆不应该结婚……”他很没主意似的看看霜降，手一直握着她的手。

“你们不是 10 月就举行婚礼吗？”全院人都在传说程司

令准备订饭店，趁机请请平日不太走动的上级和同僚。讨厌铺张的程司令这辈子是头一次和最后一次铺张。

“兆兆告诉我，她可能留在日本。不留，10 月她不会为结婚回来的。她对我没那么热。”大江心平气和地说。

“那你对她呢？”霜降急问。似乎不是急自己而是急大江，有点为他抱不平。你这么好看这么有前途这么要强这么不凡夫俗子，她凭什么不对你热？她不热，让她有一天也剩成川南，末了捡个姨里姨娘的小行政干部也嫁了，还见他眼色行动举止。

“我对她？”大江想一会儿，“她是个值得人尊重的女人。别看她平时小孩儿脾气，进了病房像男人一样果断沉着，看了就让人尊敬。但结婚是男人和女人的事，需要热，说丑些，需要热去刺激荷尔蒙。人说到底还是动物。动物间的异性相吸是很原始的，也很美的。因为它没有功利性，也不掺有社会因素。”

霜降想，他的意思是他对我有这种热吗？噢，大江，别来惹我。我有那个角落就挺好。有那热没尊重一样是不成的，我知道。你更知道，不然你为什么握着我的手从来不给我解释呢？“我们说点别的吧。”霜降问他要不要喝水，她带来了他喜欢的可口可乐。

她将他床头摇得高些，一面回答大江对家里人的提问。“你妈？她还好，前阵流了次鼻血，现在她在看一个新医生。川南胖了，怀孕嘛。东旗不常回来，回来总是为她的大猫。川南把她的猫打了。”

“老样子，世界上竟有这么无聊的一帮人！”大江笑着恼，笑着愁，“不是听说六嫂出事了吗？怎么个前后？”霜降生怕他把她也归到无聊的“那帮人”里，便简短讲了经过：六嫂有天到学校直接领走孩子，三天后程司令叫人把被藏的俩孩子找了回来。川南从此找六嫂的行踪，不久六嫂就被警察抓了。罪名是跟外国人非法同居。霜降没加评论和形容，没说当时程家人怎样倾巢出动，到宾馆去看被“捉双”了的六嫂。六嫂披头散发，口红抹得满脸，浓妆融得那张标致脸蛋成了油画调色盘。东旗的话：是个地道的妓女形象。

六嫂被警方拘留不久，程家出现了两个夹黑皮包的人，都说是便衣警察。他们并没有惊动程司令，进了院直接奔淮海的屋。照例还在好睡的淮海被敲醒，换掉睡衣就跟他们走了。在院里他对那个矮警卫递眼色、打手势，叫他去叫“老爷子”，矮警卫不懂，俩便衣先懂了，制止了院里所有人的动作，说他们仅仅奉命来带淮海“走一趟”“谈一些问题”，没必要劳程司令的大驾。等程司令小跑着出来，淮海已被塞进吉普车，开走了。花一礼拜时间，程司令也未打听出谁带走了淮海。院里有人猜是六嫂检举了淮海，出于报复。也有人猜是被开除的李子终于找她的保姆社会领袖把状子递到了某人手里。又过一些天，两个夹黑皮包的又出现了。他们还是和蔼客气，打定主意“不打搅首长”，直接找院里的小保姆们谈话。他们叫大家不要怕，有法律有国家有党中央替她们做主，程淮海怎样为非作歹，怎样蹂躏和凌辱她们，统统讲出来。没等大家想清利弊得失，孩儿妈已搀扶老将军走过来。两人一下显得那么风烛残年，相依为命。

一周内已变得颤巍巍的老将军老远就对两个便衣拖长腔喊：“你们还我的儿子啊！”喊声之凄凉之椎心刺骨，连两个便衣脸上都出现了怜悯。

俩便衣忙说带走淮海的并不是他们，拘捕和调查是两摊子公事。他们只管来调查，至于人被谁扣了，他们完全不知道。“首长当时该看看他们的拘捕证，上面有戳子证明他们是哪个处、哪个科。公安局大了，各有各的权力范围和任务。”

老将军像是根本听不见，仍沙哑着嗓音管自诉说：“你们哪，看我年纪大啦，不来惹我呀，怕惹出我这条老命！你们就来朝我的孩子下手啊你们！”

两人又忙打躬：“首长千万别急坏身体。您一定知道中央最新文件，社会上淫秽犯罪活动要严加打击。您老一生拥护党，相信您这回也会以党和国家利益为重，采取配合态度！”

“还我的儿啊！”

“首长不要激动，您儿子有错改正，有罪服法，没错没罪，自会不丢一根毫毛地回家！您可别太难受，伤身子骨……”

老将军仍是对他们的话聋着，他们说他们的，他说他的。他已哽咽得进气多、出气少：“你们打了狼就来杀狗，逮了兔子就来宰鹰啊！杀不了我这条老狗，就来斩尽杀绝我的后代啊！我还活着，你们就开始满门抄斩了你们？我生是国家的人，死是国家的鬼，一生都给了国家。我十四五就枪林弹雨里钻，浑身给枪子打成筛子，命不大的九百回也死过啦！你……你们真打得下手啊！去问问看，我程在光怕过死没有？攻城攻不上去，我枪都不要，甩大刀片，拿这一身血肉给我的兵开路，身先士卒你们当是写在书上漂亮的话？我活到今天，就为看你们一个个来杀来绑我的子孙哪！为了革命，我少年丧母，中年丧妻，现在你们要我老年丧子啊！人顶惨不过这‘三丧’啦……你们杀呀，逮呀！把我逮去吧！我拿我这条命抵我孩子的小命！我光膀子跟你们走，反正是满身枪眼，你们再添几个也不多！……国民党的枪子没要我命，你们朝我来吧！”说着哭着，同时就要动手撕扯身上的衣服，孩儿妈和警卫都上去按住他。

有的小保姆吃惊，说老爷子从不为子女动这么重的感情，四星被捕时，他面都未露。也许人老了感情脆弱了，儿女情长英雄气短了。

所有人似乎都为老将军由衷的感伤和苍老的眼泪震动了。在场的霜降意识到，他的老泪不仅为儿子流的，而是为更多更深的缘由。那理由他自己也无可言传。

那个新来的小保姆竟也陪着红了鼻头眼圈。两个便衣完全没了公事公办的腔调。似乎老将军的悲愤大有道理、颇顺正义，人们一时间悟到他所有的话都不假：他曾经的确英勇过、献身过、玩命过，当他吃草根咽树皮冲锋陷阵时他没有私欲杂念，想到日后会有这样的院子、房子和车子。他当时毫无把握自己将从成千上万次死亡中活出来，成为有幸的千分之一或万分之一，来享受厚报。他甚至不知道世上竟有这样的院、房和车，穷尽他的想象力，他当时所能想到的最美满生活是两亩地、一头牛。你能说他的忠诚勇敢带有投机意味吗？

也许是老将军的话发生了效力，一星期后淮海回来了，对谁都说没事，但谁都看出他脸更皱，嘴唇肿着。他说那纯属一场误会，公安局长亲自给他赔了不是。那以后淮海至少三天没出屋，出屋后也不再对小保姆们张口闭口地“亲一口”了。约莫一个月过去，被当洋娼逮捕的六嫂突然出现在院门口，说是要进院子跟诸位打个招呼：她要出国了，她不是“洋娼”，而是洋人明媒正娶的夫人。门岗警卫拿不准是撵她、放她，还是扣留她。问正驾车进门的淮海，他头缩回车窗说：“我不管！”

这时川南下了楼。川南见六嫂“哟”了一声，六嫂却抢先开口了。

“来告诉一声，我明天飞美国啦！好几国大使馆过问了我的案子！你家一手遮天呢？办不到啦！你家横行霸道的日子早过去啦！……”

川南对警卫兵说：“扔她出去！扔啊！没看这破鞋在脏我家门脸儿吗？”

“你敢动我一手指头？”六嫂朝手按枪的警卫兵竖起一根尖尖的手指，“现在你们再逮、再抓试试！”

“怎么啦？做了出口破鞋我就不敢碰你啦？”川南转向无所适从的两个兵：“木头啦你们？你们不敢动她，我一会儿叫你们连长关你们禁闭，玩忽职守嘛！破鞋脚站在我家地盘上呢！非法进入军事要地，管她是哪国人，想怎么处罚就怎么处罚！别说你，就是你那美国佬男人敢把脚往这门槛儿里伸，照样崩掉他的天灵盖儿！”

六嫂朝院里院外的旁观者一划拉胳膊：“程家还想霸道几天哪？老头儿一死，你们树倒猢狲散去吧！那时有仇的报仇，有冤的申冤，哼，那一天我还得回这院子看看，看这一家积阴德、阳德到末了怎么着了！看你们还敢霸着我的孩子！看你程四星敢愣充孩子爸！”

川南扬嗓门儿哈哈笑了：“你婊子活不到那天！瞅你那副艾滋病身子骨儿！婊子，你想看我们家笑话！别让梅毒大疮烂掉鼻子烂瞎你眼就算婊子你造化啦！……”

淮海跑回来，对川南像哄像斥地：“吵什么吵？让人瞅热闹解闷儿啊？”他又转向六嫂，也像哄像劝地，“你跟咱家没关系了，还在这儿吵什么？”

“我吵什么啦？”六嫂道，“我要真吵别人早知道你家伤天害理、乱伦缺德的事儿喽！……”

川南上去就要揪六嫂，淮海挡了。

“还得了？这婊子顶着咱家门骂街来了！”她被淮海扳住肩往后推，她一蹿一蹿地往淮海左边右边的肩上露脸，企图仍与六嫂保持对峙。

“你国际大破鞋以为嫁个老外就拿你没治啦？说铐你照

样铐！”

六嫂一步步往上凑：“你试试！铐不了我，你不是人养的！”

淮海招架不住地挡在俩女人之间：“得了得了！”

“什么叫得了？你有短儿在她手里呀？”川南推了淮海一掌，“今儿就让她看看，我家就是霸道，就是横行，就是依仗权势！警卫，铐这娘儿们！”

淮海却忙更正：“甭理她，妇道打架没是非好讲！”

吵闹引了越来越多的人围在程家门口。有表演欲的川南和六嫂越发情绪亢奋，脸上都出现了一模一样的凶狠而愤怒的微笑。

“你铐啊！”

“你再往里迈一步！”

淮海声轻下去：“行了，她就想惹人来瞧咱家的戏，你不是帮她敲锣吆喝场子吗？”

“哟，淮海！”川南甩开淮海的手，“你哪天变这么厚道温良啊？”

淮海像被揭了短一样脸白了，又红，不一会儿便撤了。俩女人直骂到嗓子劈叉，所有丑话都重复了无数遍，瞧热闹的人乏了，才休嘴。奇怪的是程家人没一个事后助川南的兴，反而都说她："闲着了""吃饱了撑的！"当晚川南建议，趁六嫂没离境，再次以别的罪名把她逮起来。比如她从四星手里搜刮过几万元，既然钱是四星走私走来，贩军火贩来，花钱的也算得上窝赃、知情不报罪，大家都劝她拉倒。人全没了以往的好战，起码好乱、好热闹的劲儿。或许不止霜降一人意识到，从淮海那次误会地被捕后，程家出现了一种微妙的惨淡气氛，像是都在心里为某件事气馁，或暗中深深失望了一次。还像是，淮海那次被捕的误会歪打正着地让人们会心到一些什么，会心到程老将军的泪流之有源。这院子虽然一切如故，实质上却一切都不如故了。老将军毕竟老了，他的老绝不只是他一个人的事。

而霜降没把这一切讲给大江。她回答他"还好""老样子""和从前差不多"。难道程司令不照样以锋利的门齿磕碎一颗颗肥大的蚕蛹？孩儿妈不照样躺在竹椅上咯吱吱地翻身、扑嗒扑嗒地挥扇子？东旗不时而回来："咪……咪……"凄厉地唤她的猫？难道四星不还在他的屋踱去踱来或隔窗远眺？难道川南、淮海（有时也加上东旗、四星）不照样白天相互谩骂，夜里迎来送往，打牌、消夜、狂欢？难道那辆黑色雪亮的大奔驰不照样进进出出，在任何宽的、窄的路上一往无前，雨天溅人一身水、晴日扬人一脸尘？尽管车里面的部件不如以往灵了，车驶起来不再快艇一般轻了。霜降能讲清这如故中的不如故吗？谁又能讲得清？

也许谁也没去咂摸这如故中的不如故。也没人咂摸得出，除了大江。霜降能在大江失血而发黄的脸上看到一丝先知般的冷笑。似乎他并不是刚咂摸出随老弱下去的父亲而变质的一切，而是老早就开始了这咂摸。他笑的内容还有：幸亏我的睿智，幸亏我父亲对我仅是铺垫，我从未依赖上去，我才成了例外。现在看到了吧，人们？我程大江所有的努力就是为了不让我父亲的荣辱主宰我的沉浮。说到底，一代草鞋权贵能领几代风骚呢？它的短命是预期中的。然而我建树的是我自己，成就的也是我自己。大江对心目中一个远处长长嘘口气。

霜降这时从床沿站起，说她该回去了。大江说天还没黑啊，急什么。她说她还得向新来的小保姆交接班，示范许多事，还得收拾行李，下礼拜她就不在那院里了。

“去那个沙发厂？”静了一会儿，大江问。

“啊！”

“不是要上夜大吗？”

“也上啊！”

“你高兴离开？”

“啊！”霜降抿嘴笑了，抿嘴喘了口长气，身子往上一提，再往下一放。似乎从此什么都好了，心都轻了。大江在渐暗下去的光线里看她，动也不动地看。他不知庆幸她走还是不舍她走。不是你大江曾经那样和我闹：“你怎么会是个小保姆？你不该是个小保姆！”好了，我将不再是那座被你叫作“酱缸”、被六嫂骂作“比《红楼梦》中贾府还脏”的院落中的女婢了。可我还是我，我和你这多情公子之间仍是那个距离。

“我们不是说好，我来替你安排住处……”大江又出来一点脾气。

她说她养得活自己，自食其力不好吗？他不出声了，却又不服帖地瞪着她。过了一会儿，他头拧向背后的窗子：“真他妈不想躺在这儿，想出去走走。外面特别舒服，秋高气爽，对吧？”

“啊！”秋风一起，你父亲开始披大衣了，没人看见时，他双手扒住桌沿站起或坐下，她没对大江讲这些。

大江头转回：“你去过香山没有？”

“没有。”东旗有天回来，说她提议全家去趟香山。没人吱声，全像瞅精神病一样瞅她，仿佛说：正常人哪有这样不识时务地兴致勃勃的？霜降当然也不会对大江说这些。

大江眼神虚掉了："等我腿好了，我带你去香山！那儿到处是枫树，天一冷就红得呀！你现在就扶我起来，我们到院子里坐一会儿。你去值班护士那儿要把轮椅来！"他眼马上不虚了。

霜降连说不行：他昨天才做的手术。

"一会儿开晚饭人多，你趁乱到护士值班室，那儿要没轮椅，拐杖也行！"大江说。

霜降仍不答应，说他离架拐散步还差得远呢。

"再说，我不能待晚，我不是闲人呢！"她伸手去捺已骚动起来的大江的肩。他的肩邦邦硬，鼓着块巨大的肌腱。

"等你好些，我还来看你。"

大江看着她："我好些还要你来看我干吗？"

她歪头抿嘴，也看他。她知道她这样子十分撩人，虽然人明白这样子各个女孩都会做，是种天然的造作。

"那就不来呀！"

"不来去哪儿？"

"去个地方，重新投胎，投了胎不走这趟，不做小阿姨。"她撒娇地牢骚着，手指捻着胸前的纽扣。

"不走这一趟，就在乡下窝一辈子？"

"啊。"

“在乡下窝一辈子，从来不知道有个人叫大江，他喜欢你？”

“啊。”她拿起床头柜上的包。

“要走了？”

“啊。”

他不言语了。她不去看他，知道他心有点痛，和她一样。

“霜降！你这都是跟谁学的？”

“什么？”

“你什么时候学会这么折磨人？”

她向他扭过脸：“我……”折磨你？我的那点心思，你抓抓放放，拿拿捏捏，就像你对我的手一样，全凭你高兴。你什么不清楚？你太知道你不仅可以将我的手拿起、放下，对我的全身心，你都可以。你都做得到的。

大江忽然喊：“护士！”喊到第五遍，护士来了。

“喊什么？不会捺铃吗？”

“没那么文明！”

“跟你讲过，手术后都会疼几天，止痛片不能随便吃，会上瘾。”白脸白衣，雪人似的护士嗓音冰冷。

“我要撒尿！”大江喊时头一仰眼一闭，完全像闹事。

“便盆在你床垫下，不是伸手就够着吗？”

“冲着它我尿不出！给我一双拐杖，我要上茅房！”

护士站那儿看他好一会儿，说：“我们这儿只有厕所，上茅房回你们村去！”生怕他反应，她飞快转身走了。不久她递来两根拐杖。

霜降当然明白他要双拐不是为了上厕所。电梯就紧挨着厕所，他站在里面，让霜降捺电钮。他生来头次拄拐，动作协调不起来，在楼下小径上起步不久，就筋疲力尽。霜降说：“让我来扶你走。”他不理会，眼睛瞪着前方，身体一耸一耸向前，起伏大得唬人。路灯开始亮了，光从梧桐树枝里渗出，大江的额头和鼻尖金属一样反光。他竟出那么多汗。如此不得法地架拐，要不了多久他腋下就会磨破。霜降不再表示要搀扶他，那样等于提醒他失去的矫健。他的矫健也曾是他优越于人的一点。

他俩嘴上谈的和心里想的全不相干。他俩都明白这点。当他第三次说到“外面真好，空气真新鲜”，他自己也乏味地笑了。

前面的石台阶引着小径上了一丘缓坡。他犹豫着，吃不准自己是否上得去。霜降说别上了，要累坏的。他眼瞪得更狠些，身体深处发出一个“哼”，开始登上第一阶，第二，然后第三。每登一阶，那一声“哼”便更深。他眼瞪着什么呢？是在瞪他自己？他的那个意志在不疏忽、不依不饶地监视他自己。

“就是这儿，这儿漂亮吧？”登上最后一阶，他说，将额歪到臂上抹了一把汗。

“这儿”是他与兆兆常来的地方，因此他背熟了路途。兆兆就坐在她现在的位置上，身上那股淡淡的手术室气味让人想到“尊重”这词儿。兆兆也像她这样，捡起落在板凳上的银杏叶，一片片围成一个整圆？大江也这样看她，带些夸张了宽容的笑？男人总这样夸张对女人的宽容，女人总对那夸张假装浑然，越发行为得没道理，越发需要男人来宽容她。女人会过分索取这宽容，也许兆兆就几番索尽了大江。

兆兆不会的。她不像那种不懂得在极致与过分之间把握分寸的女人。她会在大江刚感到冷落时，将手里的叶儿散去，就像霜降现在这样一散。

霜降感到自己无论怎样动静，都在重复兆兆，甚至模仿兆兆，却又不能取代兆兆。她知道男人对一个女人的尊重是难得的，或这样的尊重或那样，或多或少。没有尊重什么都白搭，手拉手，拉得再急迫热情也白搭。不然，你大江为什么总是一拉我的手就缄口？你从来不能够从这手拉手中发展出任何东西，因此你一拉我的手就是这副若无其事的样儿。

他将头仰在靠背上，手上却有许许多多的表情。霜降感到握着她的那只手激动、叹息、欲望、伤感、爱和嫌弃。

“真好，你要去读书了。然后你去做个护士。唉，可能是护理师、护士长。”大江对着天空说，“那时你二十四岁？二十五岁？”

“那时你还来住院，我给你止痛片。”霜降将手反握一下。

“去你的，我才不来住院！”大江的手笑了，一颤一颤地。

“那你老了会来住院的。”

“为什么？”

“人老了，往医院跑得就勤了。”

“那你也老了。”

“嗯。”老了多好，老了那些梦想妄想痴想都死了。那时，大江，我或许会对你说，我爱过你。既然老得什么也来不及了，我会敢说的，我会说得心平气和的。我还会对你说：“但愿人有来世。”

“那你一定得用功学习，要做大医院的护理师啊！”他手那么一往情深。

“嗯。”她手迎合着，感到他的手的力远不止是手自身的。

“你那时一定是最好看的一个护士。”他手不可思议地烫起来，并满是湿漉漉的汗。

“穿上白袍子，大家都差不多。”

“你一定不一样，我肯定认得出你！”

“还有大口罩！”

“你不愿我认出你？”

霜降不语了。认出就意味着被遗忘过呀，大江。当然，遗忘掉一个曾使你动过心的女婢是顺理成章的事。遗忘很快就会发生了。遗忘是愉快的，等我一走，你会发现它多么愉快。首先让我们遗忘这手拉手，你从来没有命名过它。似乎他的手明白了她的心事，感到遗忘的逼近，便死扭住她的。

“这里好清静，”他说，“没人会到这里来。”为什么说这个？这样手拉手不必背人呀！

她突然明白了他手的激情，明白的同时她的手也热起来。这是她的第一次，把自己全部地给予了。她感到满足后的无力。

她悄悄转脸去看大江。他的脸和全身在他的呼吸中起伏。你占有过我了。她眼睛一眨，落出两颗泪。

一个月后，她再次来看大江时，他已经换到三人病房去了。她记着前次缓坡上的约定，这天傍晚，她来了。就在那丘缓坡上，大江说他正在做新的决定：是否和兆兆分。她被一个暧昧的希望鼓舞着，穿了件白色风衣，里面是那件黑衬衫，她知道正是这件黑衬衫从一开始在大江眼里就把她和一般小保姆区分开来。

她越来越明白自己的美。站在镜子前，虽然那个“就你吗”的问句仍不断缠她，她还是没法否认她的完美。美或许真的能征服大江这样一个男性。

她不再是个小女佣。

她走过走廊时，所有的男病员、女护士都瞪着眼盯她。她问清了程大江的新病室，听自己的鞋跟在人造大理石上敲得雅致、矜持，一路响到大江门口。

门虚掩，里面有个穿白大褂的女医生的背影。霜降止了步子，诊断时间是不该进去的。

女医生隔着大口罩的话音有点像兆兆。

等门开大些，女医生转身摘下帽子口罩，霜降发现：她正是兆兆。啊，这正是10月啊！

霜降觉得眼黑了一下。她当然没进去。她当然心痛地沿走廊走回，心痛地承认自己不知天高地厚。

从医院出来，霜降没有回她与六个女工友合租的那间宿舍，而回到了程家院。

警卫与她调侃几句，就放她进去了。她真的是急需那几件行李吗？天黑了，有人叫她，回头，见是四星。

她一下子觉得她回这院里不是来找剩下的无关紧要的那点行李，而是四星。只有四星对她是真心需要和喜爱的。四星曾说到的那点“真”仅在她和四星的关系中才有。原来爱与过活是两回事，爱一定要过渡到过活才能自然长久地存在下去，过活却不需要爱，过活自身是独立和成熟的，因此它自身能够自然长久地存在。过活不需要你挺累地将目光弄得曲折，将笑摆得那么巧。过活是大米饭，你饿，它结实地填饱你，朴实得令你感动。

爱却那么不同。两个相爱的人若不能成功地过渡到过活，就不能正常地吃、喝、拉、撒、睡。

霜降躺在四星臂弯里想：她与四星从未经历那个严苛、娇嫩的爱就开始了过活，不知是幸事还是憾事。

一切都那么瓜熟蒂落，没有局促，手忙脚乱、东遮西掩。四星之后去厕所开着门小便、擦洗，似乎和她并不是头一回，而是如此这般地过活已很久。他没问霜降：你今天怎么这样痛快？也没说：你看，过去我从来不急，不逼你，我知道，是我的总是我的。一种浓烈的、自然平淡的气氛使霜降心上的那块痛轻下去。她静静地躺着，心里说：大江，永别了。

四星看看她，替她擦去泪。似乎女人头次有这事流泪是正常的，他不必问什么。

“会怀孕吗？”她问。

他说：“那好啊，我就有三个孩子了。”前面那两个正好喜欢你。

“怀孕怎么办？”她又问。

“放心，不怀孕我也会娶你。”

“什么时候？”

他沉默颇久，说：“霜降，我要带你走。出国。”

“你不知道吗？服刑期不能离开国境的！你逗我的吧？”

“不。我出了院就决定逃出去。有人帮我。不就是一笔抹掉我的刑事记录，再换个假名办张护照吗？”

“那要是叫人抓住，算叛国吗？”

“我干吗要叫人抓住？你要沉住气，到香港就活了。”

“我也是假名？”

“什么都是假的，只有钞票是真的，”他拍拍她脸蛋，“你不嫌弃我，我也不嫌弃你，小乡下妞儿。出去了我们就开始好好过活。离这院子远远的，这院子塌了、陷了我也不会回头瞅它一眼。要没生在这院里，我会是个好人的。你跟我走，你会生活得很好。”

霜降点点头，又问什么时候走。四星含混地说走之前他会给她足够时间准备。

十一

两星期后，霜降偶尔看电视，见程司令的面孔出现了。他在沉重地一下一下地挥手臂，嘴里的词被老年人特有的喉音弄得很含混，嗡嗡一片。解说员很快解释了一切：程在光将军表态，对其子程淮海的被捕表示支持。程淮海被指控有轮奸及组织流氓团伙的犯罪行为。程在光将军认为对程淮海的道德败坏的惩戒是拯救民风的必要措施。程在光将军以身作则，以党的原则、国家利益为大局，为其他高级干部树立了表率，等等。

马上找电话打到程家院，一个小保姆告诉霜降："军营里有人传，程淮海这回十有八九要回老家喽。"

当晚霜降没课，来到程家。几个小保姆兴奋而恐惧地对她七嘴八舌："淮海恶有恶报，有一百多个女人写了检举信。"

霜降问："一百多个女人都是被强奸的？"

现在不管，谁让他赶到风头上啦？回回都要有重罚示众的，谁撞上谁倒霉。他以为上次抓他真是误会，放他出来人家不过想补足证据。他在家老实不多久，又出去丧德了。几天前，他开车见马路边有两个女孩，都长得不错，十八九岁的样子。他停下车，向她们出示自己的工作证，说正为某电视剧选女演员，问二位姑娘肯不肯参选。俩女孩当时就上了他的车，大惊小怪地嚷，说她们头次见这样阔气的轿车。淮海最巴不得别人赞叹他的车，他会马上轻描淡写地告诉你：我爸的。那天他正好去参加一个舞会，叫“瞎子摸鱼”，黑灯瞎火，一窝男女乱摸。跳到半夜一点，冲进来一帮警察，叫着要查抄淫乱据点。一窝男女马上被分开，女归女，男归男。所有男的都咬定这是普通的熟人聚会，正常的家庭舞会。

一个警察叫出那两个女孩，问她们与谁熟，人哭哭啼啼说是被拐带到这里的，人地两生，想逃都没法逃。

淮海立刻喊冤：“怎么？咱们不是朋友吗？你俩很高兴受邀请的……”

警察问她俩这人叫啥名儿。

她俩说压根儿不知道。

警察又问淮海：“她们不知你名字，既然你和她们熟，该知道她们的名字吧？”

淮海记得她们告诉过他名字、学校之类的事。把握不足地，他陈述了她们的简历。

她俩说他没说对一个字。

警察说他们以诱拐诱奸少女罪名，拘捕程淮海。

淮海还不服，喊：“她俩心甘情愿到这儿来的呀！她俩没说一个‘不’字啊！”

警察告诉他：“若她们说过‘不’字，他的罪名就该是‘拐带强奸’了。”

淮海是那帮人里唯一被捕的，那帮人事后悟出，俩女孩很可能是警察放出的诱饵。也可能不是，是程淮海上次被释放后就落入了监控网，是放长线钓大鱼的套路。不是那么容易让程老将军服帖、不闹风波的，必须把握最有说服力的证据，才降得住老将军。

老将军一旦在确凿证据面前服帖，他会公开表明自己的立场，正如他在电视上露面，表示他固有的耿直和不徇私情。这次与四星那回不同的是，老将军没有掩饰自己内心的痛苦。他在电视采访的最后几秒钟突然情绪失控，泣不成声地说：“我没想到在这个岁数上又失去一个儿子。万万没想到，我和我的儿子是这样永别的，他不会来送我终了，他说不定会走在我前头……”电视在此处掐断，老将军如此悲伤，说这番话，令所有人意外，也超出了节目主持人的计划。

小保姆们说，自从淮海第二回被捕，程司令书房的灯便通宵亮着，那是他在亲笔写信给军委主席或在要职上的朋友们，要他们救救他的儿子。白天他乘了轿车出去，到职位高于他或低于他的实权派的住处或办公室，等候他们的会见。但最终他的奔走和求助都被谢绝或敷衍了。在接受电视采访的前一天晚上，他回到家，脸色是灰的，从院门到他书房，他坐下来歇了三次。当天晚上，人们没见他到饭厅吃饭，卧室的灯早早熄了。

电视采访当天，川南和东旗给淮海送衣物和用品，一回院子，川南就大哭："淮海给打得不成样子啊！打得咯血丝啊！眼睛肿成缝啊！"

孩儿妈问东旗这话真不真。

东旗流着泪点头。

川南哭得更收拾不住："淮海人没什么坏心眼儿啊！他人软弱啊，一打什么都招啊！他们是把他往死里打呀！就像跟咱家有几辈子冤仇一样啊！对咱家所有人的气都往淮海一个人头上撒呀！淮海不行啦，不等到判刑，就被他们打死啦！"

东旗制止她，说父亲身体不好，这样哭会刺激他。

川南立刻被提醒似的喊："爸爸！你快救救你儿子呀！叫他们别那么狠心打他呀！"

只听程司令书房"砰"一声，人们听出他那个大青花瓶被砸碎了。

两个小保姆说，她们已提出辞职，尽快离开这院子。这哪儿还是将军院？纯粹是疯人院。她们对霜降说：“你走对了，程家眼看没戏了，连修了一大半的游泳池也停工了。有个作家写了篇文章，把将军所有功绩、罪迹都写进去，最后写到这个游泳池。作家在文章中对将军呼喊：离您游泳池仅两百公里，就是干涸的田野、村庄和人。那里的井边日夜有不见首尾的队伍，队伍里不时发生争水的格斗甚至仇杀。越来越多的枯井在向北京、向您逼近。北京的水位已下降到多少，将军您知道吗？您为此忧虑过吗？您忍心在人们省下的一杯一碗饮水中浴洗畅游吗？在逐渐沙漠化的华北，在逐渐干涸的白洋淀和无定河之间，您心安理得去拥有那一池清水吧！但愿人们一口一口省出的水能漂去封住您心灵的积尘，使您早已沉底的良知浮出水面……”

正是这位作家引起反特权的潮流。作家本人很快倒了霉：各文学杂志和报纸都得到命令，不再刊发他的作品。但人们对特权那无头绪的愤怒再次被疏导和释放了。

“这一次比前几次来势都猛，”四星对霜降说，“舆论发挥了很大的威力。他们了解我的父亲，他那点愚忠最后会平息他心里无论多少不满、愤怒和委屈。要是淮海真被重判，他们没准让老爷子当顾问委员会副主席。他们什么也不损失，用老爷子再演一次‘辕门斩子’。可是老爷子这回不会再有力量给淮海减刑，保他‘监外就医’了。老爷子这回被他们使完，再也没人来理他了。这是他真正伤心落泪的原因。”

四星走到冰箱前，拉开门，倒了一杯饮料。霜降发现它是酒。她觉得这不是好兆头：温和宁静了许久的四星又在一杯酒之后恢复了原形。他坐到地毯上，从沙发角落里找出那副牌。“看看运气。好久不玩它了。”他对霜降笑笑，想让她相信他仍是正常的。

霜降瞪着他，见他曾经的神经质、烦躁、慵懒、残酷又在他身上显现。

“你又失眠了？”她问。

“你怎么知道？”

“你在想好多好多事？”

“你怎么知道？”

她心里不可名状地一阵痛楚，仿佛又闷又狠地上了一记当。那个死而复生、老成稳重的四星——在那四星身上她寄托了全部信赖、希望和那一点“真”——突然没了，有的仍是最初这个疯疯魔魔的、活不下去也死不了，让人恐惧、怜悯加嫌恶的男人。

她纳闷是什么造成了他的演变："你这些天一直在不停地想事情？"

"我没想，"他搅掉一把牌，手指忙乱地洗，再摆出另一把牌，"我已经想好了，没什么好想的了。"

"想好什么？"霜降心里的痛楚愈发深了。不久前，她把自己的一切都给出去了，给了那个像长兄一样可靠可亲的四星，而这时她看清那个四星是不存在的，那个四星只是伪装。

"想好怎么离开。我必须提前走，你跟我走。淮海的事一定会提醒人们：程四星还活着，还在程家大院的监护下自在着。他们一定会重审我的案子，把我投进监狱，彻底清查我国内国外的存款。那我就完了。上次我自杀未成，却使我想透许多事，这辈子没一个人真正对我好过。我父亲没对我好过：他一直怀疑我不是他的。我母亲对我好，只是为了弥补我父亲对我的虐待，再说她对每个孩子的好都奇怪地掺有拉拢讨好的意味，她想在母子、母女情感之外建立一层私交，靠它来削弱父亲的影响和权威。她没成功，因为她不是孩子们理想中的母亲。我曾经的老师、同学对我好过，那是因为我是程家子弟。我离婚的老婆对我好过，因为她想做程家少奶奶。我孩子对我好过，因为我使他们喝上进口橙汁。只有你是唯一对我好的人，小乡下妞儿。尽管你害怕我，心里嘀咕我是个怪物，却仍对我那么好。而且在我最背运背时、无人理睬的时候。我住院三个月，只有你按时来看我，有次你以为我睡着了，坐在床边挑了一中午西瓜子。从那时我就想，是你救活了我，不是医院。我要是还剩下一点儿人味，就全给你吧。这个国家怎样，这个家庭怎样，我不管，也管不了，而要你幸福开心，我是办得到的。”

霜降完全没料到他会讲这样一番话。她没想到自己在这个厌世者心里竟会有如此重要的位置。是感动还是反感，她拿不准。他的神情中有种灾祸的预兆，他许诺予她的幸福也好、开心也好，都将等她幸免于他的灾祸之后。

果然四星向她讲起他的计划：他已订好飞广州的机票，从深圳出海关，所有的出国证件他都办齐。

“你千万不要有任何流露！”他说。

“我也走吗？”

“你当然和我一起走。怕啦？”

她不语，看着又激动又振奋又阴沉的四星。她过去怎么会对他的秃顶无偏见呢？一个男人的秃顶竟是这样不可忽略的残缺！

“不用怕，我全安排好了，百分之九十九的保险。我知道你没有足够的思想准备。但许多事，逼到头上，做也就做了！”

她想：谁逼我啦？我好好一个人做什么要逃？他当然得逃。过两天，也许明天就有警察来这院，铐他走。我没罪没错逃什么？一逃不就逃出罪和错来了？生活对于他，只剩一个死，一个逃，他当然两者择其轻。我呢？我的生活离死和逃太远，没人逼我，我干吗自己把自己往这两条绝路上逼啊？

四星开始用低哑紧张的声音向她关照每个步骤。他安排得很周密，每一步都有几种应急措施，比如香港出不了关，他已买好飞云南的机票，云南天高皇帝远，先混两天，发现没危险就过中缅边界。“绝对万无一失的。”他说。

“什么时候呢？”她问。

“明天晚上。”

“这么快？”霜降眼瞪得自己都感到眼眶胀，“就再不能回来啦？”

他表示理解地与她一起沉默，与她一起思前想后了一会儿，说：“小乡下妞儿，我会对你好的。我会疼你宠你惯你。我们会有自己的一个院子，我们种花种果树。我的钱够我们朴素体面正派地生活到死。我再不会有亲人了，除了你。”

“要是走不了呢？”

“这样：我们过海关时各走各的，万一有人盯上我，你就走你的，装不认识我。香港我有很多熟人，你按地址去找他们。”他摸摸她的脸，“我知道你很灵。”他笑得几乎是巴结或讨好了。

“两个小家伙呢？不成两个小孤儿了？”

“我妈会照顾他们。我留下足够的钱，将来我还会寄钱回来。你操的心真多，他们喜欢玩具糖果远超过我。”

灯熄了很久，霜降仍感觉四星那沸腾作响的脑子。他的脑子先于他已登上逃的征途。可我干吗逃呢？我一个来自农村的清白女孩这一逃就逃出了清白无辜的背景。逃，只能离无辜远，离罪恶近。刚才他的身体俯向她时，她使劲闭着眼，使他人为地远去，似乎他就是罪恶本身。为什么她认识他这么久竟头一次在他身上意识到“罪恶”这俩字？原来自己心里仍藏着对是非的基本衡量。他在她身上动作时，她想，那个基本衡量使她一辈子也不可能爱这秃顶男人了。而没有爱，那一点点“真”在这场关系的支撑中显得不胜其累。

天半亮，她发现四星那一边床是空的。目光扫一圈，他在屋那头接着玩他的牌戏，背向她，动作抽风一样不由自主。他显然又是一夜不眠。他的策划逃生半点从容也没有。

霜降那天照常去上班，衣袋里的那张飞广州的机票丝毫未影响她踩缝纫机的流畅。缝纫机一会儿念叨着：要走要走要走；一会儿又嘀咕，不走不走不走。“要走要走要走”时，她脑子里是个实心实意的四星，那个四星不管他前半生怎样缺德作恶，后半生会以她来补过。并且正因为他充满罪恶感，对一切都怨恨厌倦，包括对他自己，他对她的那点“真”才真得动人，才凄楚地美，才羸弱得惹人怜惜。是那怜惜催她“要走要走要走”。而“不走不走不走”却使她站回社会公德的立场，去看那秃顶男人，他的罪恶使他永远保存那点陌生，使她永远保存那点敌意，使两人之间永远保存那点对立。在他俩“种花、种苹果”的未来，那幸福和开心成为不可深究、不可细品的东西，否则就会永远品出其中的无耻和丑恶。

霜降毫不分心地踩着缝纫机。她脚边有个极小的，谁看了都不会以为她要出远门的旅行包，那里面仅装有两三件内衣和洗漱用具。她打算听从缝纫机读出她心里所有的争执以及最后的决断：走，或不走。

车间日常的每一天都漫长得令人诅咒，这一天却那样短，“要走”和“不走”刚打出一个回合，大半天已过去。

下午有人喊她到厂门口接电话，一定是四星，昨夜那么多筹划、叮嘱、恐吓、抚慰还嫌不够，到临头还要再叨咕几个“万一”，没有那么多“万一”，她已经够紧张了。她抓起话筒。

“嗨！霜降！可找着你啦！”

她喉咙一下发噎。

“我出院啦！家里的小阿姨告诉了这个电话号码。你4点下班，我在你厂门口等你。4点，就这样决定啦！”大江挂断电话。她再一次被人“决定”了。

她没想到这个瘦削的、穿一身蓝、脸上也带秋风的拄拐男人是大江。只有那双眼还有他曾经的虎气。但几句话的往来，大江在她眼里又是俊气的了，是种磨难的俊气。他不愿承认的他的生活和情感的蹉跎，他的容貌全承认了，它呈出漂亮的幽暗和动人的成熟。

她问起他的腿伤，他答仍在恢复中，因为伤在膝部，所以目前它不能随意曲直。他随而问起她的学习、工作，她心不在焉地答复他这个也还好、那个也还好。见他站着吃力，她建议他们坐到汽车站候车的板凳上去。她希望他别提他的家，淮海的事，也别提兆兆。就让他们最后肩并肩坐一会儿，对她与他之间那段情谊无声地说声“别了”。

他却偏偏不肯无声，坐下不久他便问她（几乎是质问）：她为何失约，再没去医院看他？她抱歉地笑笑。她没提兆兆。

他偏提。兆兆10月回来了。10月已成为过去，那该是你们相约“白头偕老”的10月。

“现在她又回日本了。我们的事结束了。我们都松一口气儿似的。”说着，他胸脯大大一个起伏。

霜降看着他，什么话都像不得体。

“我的论文已经通过，反应极好！等我的腿完全康复，我还要到边远地区去，从最基本的做起，去带几年兵。兆兆怎么可能和我到沙漠、丛林去呢？我最终会成为一个有学问也有实践的军事家，成为一个完全不同于我父亲的将军，从我开始否定草鞋贵族的血统。我得向人证明：我的成功不是从父亲的权势中来，而是从沙漠丛林、从学识中来，从思考中来。兆兆绝不肯去做一个中层军官的妻子，陪他穿过沙漠丛林。你会的，霜降。”

“啊……”她似乎听不懂他自负、认真、孩子气的规划。

“这样对你说太突然了，也许有些心血来潮。让我再好好想想，这不是闹着玩的，光凭喜爱远不够决定这么大的事，我对妻子的要求很严。你好好读书……”他拿起她的手，像在想一句鼓舞激励的话，却只是加重语气，将她的手狠狠一握，又连说两句“好好读书”。仿佛只要她好好读书，就能消除他对她长久存有的那点轻视和嫌弃。仿佛仅差一个“好好读书”，她就够得上他心目中那很严的妻子标准，仿佛“好好读书”就能抹杀她在远乡陋屋的出生和成长的背景。女学生是许多美好东西的起点和象征。

在她与四星约好见面的时间，她在夜大的课堂里“好好读书”。她甚至没去想象四星在这个时间怎样在机场候机厅步履错乱地找她；怎样进一步退两步地往登机甬道里走；怎样几回往椅子上落座又几回站起；怎样在飞机升空时就着震耳的轰鸣骂了一声或干号一声，接下去他那从不为任何人哀伤的心胀起来，奇迹般地胀出泪。他意识到没了她，这征途才真正意味着逃亡，才真正提醒他的一去不返。霜降不去做任何想象的同时已把这一切都想象了，正因为她竭力回避想象，想象才越发强烈，强烈得她心痛。仅为一个“好好读书”，她就做出这样彻底的背叛。

是的，我要好好读书，像大江心目中所有的好女孩那样好好读书。

程家院的小保姆总是最及时地将各类事传出来。第二天，霜降就知道四星的“越狱”经过。他傍晚时溜出后门，竟迎面撞上程司令。

程司令问谁给他的狗胆他敢往院外跑。

他说他只是想到院后小山上遛遛弯。

“听口令——向后转！”程司令叫道。他不动。父亲又连喊几声，一声比一声莽，院子的人都被惊动了，有快有慢向后门拢去。

“告诉你，你要从这门跨出一步，你就是逃犯，谁都有权力把你抓起来！”程司令用食指点着他说。

川南已大腹便便，像只企鹅一样摆到父子之间，叫着：“四星，爸身体已经很差了，你还惹他干吗？”见弟弟憨傻半痴地笑，她又朝程司令：“爸，四星不就出院子走走嘛，您犯得着动那么大脾气吗？行了，四星，咱们不出去，咱们回家。”她哄傻孩子一样去拖四星，却让四星不费一点力地甩开了。

“你装疯还是真疯！”川南上火了，“你想把老爷子气出三长两短来？老爷子有三长两短，大家没房子住、没汽车坐，称你心了是吧？”她完全忘情了，没意识到当老爷子面不该叫“老爷子”，也不该提“三长两短”之类的话，更不该把儿女和老爷子的关系阐述得如此功利。然而程家儿女只有意识到事情功利的一面，才变得理性。

东旗恰好回来给猫梳洗，这时放下猫对川南说：“用得着说那么多话吗？”她又转向程司令，“爸，您那么认真干什么？四星出去散步，您要不想管谁都不会管。”她对四星，“你走你的呗……”她轻推他一把。

“敢！”程司令把话挤扁了吐出，“你们都给我闭嘴！看看我怎样处置逃犯！警卫员！”警卫员紧张得眼也直了，往他眼前一矗。他伸手在矮警卫身上一摸，人们马上看清，他摘了枪下来。好久没看到老将军如此利索了。

“给我向后转！”他拿枪指指院内。

四星看看他，眼眯起来，仿佛近视者努力看清某物。

“向后转！”老将军手势更大。

四星不再向父亲眯眼睛，视线转向院里，在每一景物上飘忽而过。老将军在他眺望时，“啪”一声打开枪保险。

“四星，儿子啊，你别那么倔啊！……”孩儿妈出面了。她已许久没在众人面前讲过话了，“快回来，该吃晚饭了！……”

也许正因为这句话的家常与平凡，四星突然掉出泪来，但他仍生根一样站在院内与院外的界限上。

“我就出去散散步……”四星说，仰着脸流泪。

“你只要再往外迈一步，我就打死你！”

四星用他浴袍的袖子横抹一把泪，慢而坚定地，他向外迈了一大步。大家都叫：“四星！”

老将军的脸色越来越黄，连说：“好哇、好哇……”

“你开枪啊！”四星又抹一把泪，又向外跨一步，“爸爸，我从小就被你压着，我的小命从小就被你掐着，我有什么你毁我什么，连口气儿你都没让我喘舒坦过！我没一次倔过你。你打死我好了，证明任何人想倔过你都没门儿，你掐着咱们大家的命儿！……”

老将军的神色既痛苦又狰狞。

四星的神色也是既痛苦又狰狞。

孩儿妈走到丈夫面前，说着“好了好了，大家吃饭吧”，缓缓地，她从老将军手里下掉枪，将它还给警卫员。“吃饭吧，吃饭吧”，她像根本没把这场冲突当回事。

大家相互跟着进饭厅，没人去留心四星又在那儿站了多久，抹了多久眼泪。谁也想不到他那样哭着哭着就走了，身上是件条条的毛巾浴袍，脚下一双卧室拖鞋。也许他浴袍下已穿好出门的衣服，鞋别在腰上，兜里揣足了钱——人们事后猜到。起初人们只是当作他赌气，与父亲耍倔，都相互告慰“没事”。夜里打牌凑不齐两桌，大家想起四星。他屋里灯亮着，却没人应。下半夜，川南忽然说：“四星这回别又吃安眠药！”人们想，对呀，三番五回唤不应他人总不妙。都搁下牌跑到四星门前，横听竖听里面没人声，推开门，屋是空屋了。

许久，人们都不知他去哪儿了，是投了附近的八一湖，还是找人最稀的地方悬到哪棵树上了。唯一知道他去向的是霜降，她当然一个字未提过，否则她便成叛国偷渡同谋了。以后的许多平静的日子里，她发现自己动也不动，眼也不眨地呆着，这种状态是她想念四星的时候。那想念淡得都不能被称作想念，而除了想念它又会是什么？四星毕竟是自始至终珍视她喜爱她器重她的人。

十二

淮海在元旦前被判了死刑，程家院门口也不知被谁贴了张宣判书，上面的淮海相片被画了个大红叉叉。枪决之前，程家人可派两个代表去见最后一面，起先说好是孩儿妈和东旗去。东旗只淡淡说一句，她不想去看这种戏剧性场面。川南已入预产期，丈夫不许她去。她丈夫现在动不动就会对她说："我看透你们程家人啦，哼！"每当他这样说，川南便收敛哭或闹，像是替程家一大家子赔他不是。最后只有孩儿妈一人去。

院里的人都不知该哭丧脸还是该若无其事。照布告上讲的，那个程淮海百死难赎，死有余辜，除掉如此的恶棍、人民公敌，人们该扬眉吐气。而他毕竟是程家骨肉，人们毕竟听惯了他嘻天哈地，打诨一切，想到就此没了他，心会坠，鼻子会酸。说到底淮海心不那么坏，过年节他总买烟给家里的老厨子呢。院里小保姆在院外受了人欺负，他总帮着打抱不平的。他和警卫兵也混得极好，和他们打球、摔跤，存了电影广告全送他们。如今就这么个淮海要被枪决了，多年轻啊，还不到三十五岁。

孩儿妈忽然决定不去了。她已穿戴好，黑色大奔驰已敞开门等她。她背上负载着所有人，包括程司令的目光，忽然转身，对大家说："你们让我去，你们不公道啊！只有我一个人知道他怎么被生下来，从这么点长到这么点，长成个大人，我受不了看他一下子没了。"

大家瞠目结舌看着她慢慢蹲下，捂住脸，起初人们以为她在哭，后来见血从两只手的缝溢出来。

接下去又是急救，第二天诊断报告出来了，孩儿妈已是鼻癌第三期。

不久公安局来人，说他们已调查清楚：程四星已逃到香港，程司令的所谓"监外之监"是与法律开玩笑。警察们连前次的外软内硬的"软"也没了，仿佛他们面前赫赫有名、建国元老的程老将军是街头的老流浪汉。

"滚出去！"程司令喊，"给老子滚！"

警察不但不"滚"，并进一步声讨："身为老党员、老干部，目无法纪，搞自己的军事小王国……"

程司令浑身大抖，对他们抡胳膊："滚！不马上滚我就打电话叫人来守我这院子！我还没死！

把我逼急了，我拉人上山打游击！就把这话告诉你们头头儿！告诉报纸，明天登报！这就是我程在光说的……”

警察们的吉普毫不气馁地在程老将军的骂声中离去。

老将军在当天夜里被送进医院。他未吃饭，独自坐在院子里，谁劝，他都说他只想静静心，不必管他。他甚至对警卫员也说：“过新年了，去玩吧。”人们觉得那天晚上他像个顶慈祥的老头儿。他就那样坐在北京的腊月里，直到警卫员发现他头猛往后一栽。

程司令从此就躺在高级干部的特护病房。病房明亮洁净，摆满大棵的龙背竹。上去仔细看，会发现那些郁郁葱葱的绿色生命不是真的。真植物会在每天的一个时辰里与人争气，这样对躺着像植物一样静止的程司令不利。

外间是个会客厅，五张大沙发和地毯都是浅色。孩儿妈端坐在中间的长沙发上，见霜降走进来，她抬抬眉闭闭眼。

为着说不清的道理，霜降想来看看老将军。据说他再也醒不来，就这样被人每天灌这个、输那个维系着生命，活不了多长啦。也许会一直这样活下去，像植物，像百倍地长命于人的树。或许出于好奇心：人怎样变成了树？霜降才来到这间病房的。

霜降对自己连说不怕，一边靠近了病床。当她看见老将军的眼睁着，一眨一眨，东翻西翻时，她还是有些害怕。她甚至想对他笑一笑，像她素来对他那样有点发惧地笑。他眼睛在她脸上稍留，又转向别处，仿佛去好好思考她是谁。他眼睑垂下了，一种羞愧的样子。他对她从未表现过羞愧，不久前他摸霜降的脸蛋，顺脖子往下，她“哇”一声叫起来，起码蹦开了五尺，说：“首长，您再这样我就再不到您这儿来做活了！”

他吃惊极了，仿佛说：不就摸摸吗？原来你是不可碰的？他由吃惊到气恼，说：“你以为我随便让人到我书房来吗？你这个小女子，真有点莫名其妙！……”

她就那样靠在他写字台边一直哭啊哭啊。她想等泪干了再出门，不然人会看见。仿佛她有愧、她该羞。他不理会她震天动地却无声的哭泣，他还气着呢！她那样多的泪也没让他羞愧。他过几天仍人前人后叫她，大声叫她小懒虫，躲着不干活儿——他书房里的花几天没换水，花瓣落满地毯，也没人打扫。

去年仲夏，他要去北戴河疗养，孙管理向他报告随行人员，他说去掉那个随行护士，换霜降去。孙管理一时发蠢，问一句：“为什么？”

他答：“我喜欢谁就叫谁去。怎么啦？那小女子让我看了顺眼，看了顺眼我血压就不高了！”他仍没有半丝羞愧。

躺在病床上的老将军又一次盯着霜降，一种情深意切的凝视。像他曾经多次命令霜降从浴盆里站起时的那双眼。“嗯，好看，怪不得古时人最爱看美人出浴。不要忸怩嘛，小女子，好看好看好看！……”他在北戴河也常说这个好看、那个好看。太多好看的他顾不上来看霜降了。有两个金头发小女子从早到晚穿着泳衣，他便看她们，看得上下唇啪嗒一声松开。好看的东西就该看进眼里，他理直气壮，他毫不羞愧。

就那么奇怪：仿佛你理直气壮地邪恶，你也能征服人。他就那样征服了霜降，以至霜降怀疑自己错了，不然自己怎会越来越羞愧而老将军却越发理直气壮？……

就是在北戴河吧，老将军的健康再也没见起色。那次的中学生夏令营晚会之后，他就提前结束疗养，起程回北京了。夏令营晚会上，霜降还见到了许多其他知名人士，如作家、演员、歌手。当节目主持人介绍某某是哪本小说的作者，中学生便长时间鼓掌，而当演员和歌手上台，他们不仅鼓掌，而且跳、叫，喉咙都扯破了。

程老将军是最后一个上台的。他的一身毛料军服熨得挺挺括括，白头发梳成很严格的“三七开”，一双新布鞋的牛皮底吱呀作响。他头高仰，目不斜视，当主持人介绍他的名字和职位时，他手闪电一样在头侧一挥，行礼的力度和速度炸响了他几处骨节。但没有任何掌声。中学生们似乎不明白这个老军人干吗出现在这儿，他的出现似乎不合时宜也不合逻辑。嘈嘈切切的议论声扬起时，老将军有些不从容了。但毕竟出入大场面多了，他很快稳住自己，换一副风貌，两手将军服袖子一撸，指着下面十四五岁的学生们，亮嗓子道："小鬼们！细妹子、细伢子们！像你们这么大，我已吃了三年红军的南瓜饭了！"

"细伢子、细妹子们"静下来，静得叵测，仿佛在捺住性子看老军人怎样逗起他们的胃口，看他怎样察觉自己走错了地方，上这个台上来"说古"。

霜降知道他是不得已这样即兴开头的。照他给学生上"革命传统"课的惯例，他往往从他祖祖辈辈怎样贫穷，旧社会怎样黑暗开始，那样才更有逻辑，更显出他参加革命推翻旧社会的迫切性和必要性。而那天他一上来便谈起他身上的第一个伤疤：子弹怎样在他皮肉里开花，血怎样流得像匹红布。后来他又怎样在手术无麻醉的剧痛中几番死去活来，再后来伤口怎样化脓生蛆。学生中有人刺耳地倒吸气。

到他讲到长征过草地，他饿得两只耳朵透明，薄如蜡纸，肚子却凸得像面鼓，一敲“嘭嘭嘭”时，下面学生们不安分了，动的，说话的，夸张了声势打哈欠的，终于迫使主持人上台制止老将军的谈兴去了。

“您的故事太精彩了，改天我们专门请您来讲！”主持人的耳语从麦克风扩散出来，“今天太晚了，考虑到首长的健康……”

“我没事！”

“这些学生活动了一天，也很疲劳了……”她抓过麦克风对着台下，“让我们感谢程老精彩的讲演！”

这次掌声火爆之极，程将军只得离开讲台，步伐别别扭扭地走下来。他的军衣兜被个重物坠着，霜降知道那是什么。那是一把自制口琴。因为这是个文艺晚会，他提前多天就将这把口琴翻出来，炮弹片制成的琴壳被他拭去锈，露出颇纯的铜色。这把口琴是他五十年前做的，音不准，吹奏者得把握气流。老将军为吹奏一支很短的红军歌练习了许多个早晨，却未得机会表演，甚至连展示它一番的机会也未捞着。

警卫员在搀扶他下台的时候朝霜降看一眼，原来他也懂得老将军此时多么沮丧和挫伤。

待他们离开会场准备起程回疗养院住处时，竟找不着司机了。司机跑去找演员和歌星们签名去了。怪不得学生们那样火急火燎，他们生怕老将军的演讲耽误掉最激动人心的这一刻。学生们尖叫厮打，人仰马翻地热闹。等找回司机，老将军已又累又火，揪住司机前衣襟就要打，被随行的一帮人拽开了。

大黑奔驰被请求签名的学生堵了，开不出露天会场的门，怎么鸣喇叭也无效。最后人闪出条道，刚要开出，一个中年男人拦住车，两手叉开大巴掌。

司机把窗玻璃摇下问他什么事。

那人说了自己名字，说自己是个历史教师，读了报上某作家写的关于程司令修建私人游泳池迫使幼儿园搬家的文章，他感到痛苦，因为他无法回答学生们的提问：这是封建官僚还是人民公仆？

程司令见老师后面跟了一大阵人，包括那些签名或求签名的人，他对司机吼："死娘啦？还不快关上窗！……"

已有许多手扒到了窗子上，车难以移动。

"回答呀！回答呀！我们要事实！"

程司令石人一样端坐在后排座椅当中，冷漠傲然地听着人们的"要事实，要事实"的声音。

一个漂亮雍容的电影女明星冲上来："不敢回答，就是对事实的默认……"

就这样牵牵绊绊、吵吵嚷嚷，车开出了人群，远了还听他们喊“要清官，不要贪官！要人民公仆，不要封建官僚！……”

直到第三天，程司令才开口讲话。他开口的第一句话是：“红军烈士的血白流了！……收拾行李，回家！”

霜降看到一张伤心过度瘆人的老人脸。她头一次被这张脸唬着。

而现在躺在一片洁白、充满阳光的病床上的老将军却那么平静温和，连脸上的皱纹也近乎平复。那从来不曾有的羞愧神色竟也时不时漾上来，使霜降几乎要宽恕他对她做过的一切。他对她所做的使她愈来愈清楚地意识到：她不再可能做一个真正的好女孩，那两只布着老年斑的手掐断了那可能性。

那两只衰老的、像已开始风化的手现在各被两根针管扎住，两种不同颜色的透明液体正通过它们输进他的体内。他这棵老树正依赖于所有粗细管子进行生命循环，它们是盘于他身外的一副血脉经络，那是没有了血色和血温的血。

是的，她没有可能去做一个大江希望的好女孩了，并不完全因为四星。

四星就那样孤身走了。为她最终的背叛，他背叛了一切——故国、故人、故事，走得那样杳然，像死。除却心深处那点“真”被搁得无着无落，她觉得四星这一走真走干净了，她可以回到她刚进城时的单纯和轻快中去了。

“嘿，好久没见你这么猴了！”大江也这么说。当大江这么说，她马上觉出种别扭。对于大江，她心里有多少永远的秘密、多少不该全归罪她的过错啊！

他们都不提四星的走，虽然他刚走才一个月。更不去提淮海的死和程司令的病以及孩儿妈进入第三期的癌。他约她出来走走就是想走出那灾祸气氛。他大声谈一切与程家人无关的事，声之大像夜路行人吆喝着给自己壮胆。他不再神气活现，他像有了阅历，晓得些利害，极懂事的男人了。他的模样也变了许多，不那么少年气了，由于腿伤未愈，他腋下仍架着木拐。他在笑时叹，也借叹来笑。他也复杂了。

“我不想等伤好了，我要回云南。这里要闷死人的。”他们在冰冷的石凳上坐下。余阳紫红，北海上没有一个溜冰的人。

“嗯。”霜降笑得很甜美。她已相信他在和她动真的了。

“我走了，你呢？”他问。

她说她好好读书呗。

“你等不等我？”

她拿眼问：什么意思？

“等我干出点样子，等人再不指着我脊梁嘀咕：那是谁谁的儿子，靠他老子飞黄腾达的。我会回来找个也不靠老子的女孩，不，女人，带她走。那样的女人才会随我走到哪儿她跟到哪儿。什么高干、权贵，什么谁的爸爸是谁谁谁，我恶心了。那个时代也过去了。看看我们家的所有儿媳，你就明白草鞋贵族的日子到头了。那时她们一个个飞进程家，现在少奶奶瘾过足，又碰上出国热，看看，一个接一个都飞了出去，嫁老外了。她们比寒暑表还精确。现在程家子弟都回来，死的逃的都算上，能聚两桌光棍麻将。”他笑了，也叹了。不叹，他会笑不出。

霜降看着他冻白的嘴唇，仍有一边翘得老高。心灰意懒中的大江仍有他的骄傲。

“草鞋权贵，就那么点气数。以后在军乐队前节拍都踩不准的老爷子们就都不见了，该看我的了！”他腮骨挫几挫，握霜降的那只手也痉挛了几下。

“我什么都和他们不一样，我偏要爱一个从农村来的女孩！”他瞪着结冰的湖面说。

霜降轻叫：“哎哟，我的手！”

他不理，仰头说等着瞧吧。沉默一小会儿，他把她的手往他怀里拉，问她手怎么会这么冷。她说脚才冷呢，都木了，不敢沾地。他笑道，不敢沾地我背你吧！说了便硬叫霜降站到石凳上，他拄了拐躬身等着。她说不行，别拿你那伤腿闹。他就倔着不直身，催：“快呀快呀！”霜降倔不过他（她突然发现在程家男人面前，她谁也倔不过，不管多不情愿，末了都是她顺从，他们得逞），试着往他背上伏，刚离石凳他便跌倒了。

霜降去拉他，他说我成心的。她知道他不是成心的，他太要面子。再笑，他便把她拉倒，开始吻她。开始吻一下便看看她，后来他把眼一闭，吻得死一样沉。

回到霜降宿舍楼下，已是近 10 点。他约她下星期见，他看她时眼深得让她怕。

“唉，我告诉你了吗？”他好像冒出件不关紧的记忆。

霜降问：“什么呀？”

“我住在一个同学家。他一套两卧室的房不住，跟我们家子女一副德行，全挤在父母家。下次我们在那儿见。这是钥匙，这是地址。”一切似乎都不是未经准备。

霜降说：“我送你去汽车站。”

他说：“不用，我截辆出租汽车。”

霜降又说：“那我就陪你一截。”

他说："你怎么这么好？"他情绪中全是满足，"你别老想我啊，要好好读书。"

"我又不是小孩，你老这么说。"

"我最怕无知的女人。"

她不吱声了。她又听出了不满足。

"嗨，车！快点快点，霜降！说句暖和的，天冷啊！"

她抬抬眼，马下又垂下眼，笑，肩稍一扭。"下星期再说。"她说。

车走了，他眼睛一直黏在车玻璃上。他最后几乎快活起来了，变回头次见面那样吵吵嚷嚷："下星期我死等你啦！"

而下个星期她让他空等了。那一个星期发生了许多事：发现怀孕，找医院，找能伪造证件的人伪造她的一切身份证件，找个男人伪装她的丈夫在医院的紧急处理措施上签字，以防人工流产的不测风云。一个星期之后的她徒然离罪恶近了一大截，讲了一个星期的谎言，她在没有尊严的笑和媚颜中发觉了生活的轻便。也同时发觉那个与大江走到一块的可能性早被掐断了，大江离罪恶多么远！

她在大江"死等"她的那个下午走到最拥挤的街上，步子很衰弱。她知道她可以享受一回大江，但她不愿最后这点神圣也给弄混淆了，那才是彻底无救的混淆。

孩子很可能是四星的，是四星对她的背叛的惩罚。也有可能是那个楼霸的，因了他霜降才有张免费的铺位。她无心追究那个已去了的孩子，自己的过去就是那样混沌不清的一团热血。

她对所有人都不辞而别。也是在这一个星期，有人推荐她去一家服装店售衣，服装店开在大宾馆里，这对她来说颇新奇。这也比“好好读书”的好女孩省事多了。

然而她留给大江的却是个好女孩印象。一个好女孩的心灵。他若愿意，他可以带它走。我就那样跟你走，绝不碍事地占据那个最小的角落。于是她从痛苦中尝到一点儿甜。

她从程家院里的人嘴里知道，大江已离开北京回部队了。他询问过，有没有谁知道霜降的地址，她借了我的书。他样子急躁，魂不守舍，像是那些书很要紧。

小保姆们嬉皮笑脸地问：“你真借了他的书？”

霜降“嗯”一声。

“什么书啊？”

“你们管呢！”

“都说是大江在供你读书？”

“嚼舌根子！”

“他喜欢死你啦！……”

“你们歇歇吧。”

“……哭啦？舍不得他走哇？不得了，霜降哭啦！要不要我们送加急电报叫程大江回来？”她们拍她摇她，以为他与她之间就是那么哭哭笑笑的一场轻浮。

不是一场轻浮又能是什么呢？这时站在老将军病床前的霜降想。从老将军那双生老年斑的手初次触到她的身体时，一个大江心目中的好女孩就死在她体内了。从此她的心和身干的是两回事。她变成了自己越来越说不清的东西。最说不清的是：她并不那么仇恨这个老年男人，她在他无意识的羞愧表情中原谅了他。

孩儿妈这时已站在霜降身边了。

霜降说：“有什么东西响得怪。”

孩儿妈安详而冷漠，像没听见霜降的话。

“好像是氧气管那儿在出声音。”霜降听听说道。孩儿妈仍不理会她的紧张。看样子她心里有数：何必让他这样被动地活着呢？他一辈子敢作敢当，对死也该是拿得起放得下的。雷一样轰轰地活，就该电一样迅猛地死。她与他作对了一辈子，最后这件事该依顺他。也许孩儿妈就这么定了主意，眼看床上的老将军脸紫了，仍是不动。

霜降想离开，她不愿分担孩儿妈杀人的欲念。孩儿妈曲里拐弯带口信给霜降，说垂危的将军念她，难道是想再借一份怨恨？……孩儿妈这时向霜降抬起脸。脸端庄极了，所有的忍辱负重形成了它特有的端庄。脸也温柔极了，一切委曲求全勾勒出它的温柔。脸却也狰狞，六根清净的淡泊就是它的狰狞。脸这样朝着霜降，是要她懂得什么呢？冤孽间相互的报复便是冤孽式的爱与亲情？……这一家子，这一世界就这样爱出了死，怨出了生。

霜降多么想懂得她。

最终孩儿妈以一个极快的动作捺了急救电铃。什么使她改变了主意？将军的死也将不是他一个人的事。那座院落中的人会马上失去住处，失去那辆黑色奔驰，尽管它也开始“老”了，失去厨子、保姆、孙管理，失去许多你预先无法估计的便利。还有很重要的一点：躺着直至永远的老将军可以像一块好庄稼田，月月从他身上长出五百元薪水，对了，孩儿妈也许还顾虑到遗产争端：几乎所有程姓儿女都在算计父亲的十几本集邮册，其中有五六本是他从一个日本高级军官的遗物中缴获的，据说这些邮册价值上百万元。她不愿活着看到这一幕。反正她的鼻癌没给她剩多少日子，就让那些日子少些自相残杀吧。

她似乎在刹那间想通，还是让老将军麻烦百出地活着吧，长在这张床上，一月长出五百元。她这样决定着，用电铃唤来了一大群医生护士。一屋子白大褂掀着药腥的风。

霜降告辞了。她觉得孩儿妈最后看她的样子像人看一条懂得许多秘密的狗。霜降走出医院，忽然意识到，她对程家老少三个男人有进一步理解时，都是当他们在病床上的时候。这是个宿命的巧合。

初春的太阳刷在她身上脸上。她不再是个农村少女，不再是个小保姆，不再是个女工和女学生。她什么也不再是了。她的自由在初春的太阳里显得无边无际又不三不四。

尾　声

距前面那个故事已有五年。

这五年中，人总是发现许多一夜间发生的变化。一夜间，一些高楼冒出土。一夜间，街上尽是西装革履、私营公司的经理。中国南方城市的无数“包治性病”的广告也是一夜间贴满了新墙旧墙。一夜间，往往一切的一切都出没在几圈麻将上。

新墙旧墙夹出的路通向一处住宅区。宅子都是双层小楼，方方一块小院。走到院里，你就听到牌“稀里稀里”地响。屋里摆了两张牌桌，五六盏灯点着，你仍是看不清什么。

楼的主人是女的，谁也不知她哪儿弄来的这幢楼。她在香港有个男人，男人养她却不娶她。她不孤立，她有的是与她身份相仿的女朋友女邻居。

她迎进一拨新客人，跟在人尾的是个男的，腿有残疾，怎么掩饰你在头一眼也看出了。他瘦削，个不高，一种傲气使他显得不矮。领他来的人说这是程大江，就是名将程在光的儿子啊。

女主人："哎哟！"她伸出手去握，心想谁他妈知道什么程在光。哪辈子的事了，还值得在这儿提。

听了这话，在屋角沙发上坐着的一个年轻女人猛地向上一引颈子。她见那个有残疾的男人穿得不考究，甚至有些寒酸。她还见他由于惧生而警觉。人旋涡了一瞬，很快又沉淀到牌桌上。他被冷落了。

隔了一会儿，就着洗牌的"稀里"，这桌上一个男人对那桌上的一个男人说："上次我跟你提到的那个人，就是他，程大江。你不是缺个翻译吗？"

"有人了。不过也可以再雇一个，两人竞争，都会卖力多了！"

"大江肯定卖力的！"

"那我也不见得马上辞掉那个呀？"他转向叫大江的，"我们的薪水不高哦！"

"大江不在乎薪水。对吧，大江？"

叫大江的掀起一只嘴角来笑。他心里一阵恶心！你们这些发了财的痞子拿什么谱啊，我不是来求你们的！他却还是不轻便地站起身，与那个赏他一碗饭的人握了手，还说了"请多关照"之类的话。

他的轻蔑以及掩饰了轻蔑的痛苦马上被屋角沙发上的年轻女人看透。她太了解他的桀骜不驯了。她隔了整个屋向他望去。

他也恰巧在望她。

她穿件深色衣裙，尽管妆很浓，却没有这屋子男女张牙舞爪的感觉。她漂亮死了，叫大江的男人忍不住用了他曾经好用的“死”字来形容她。她颈子上、手指上、耳垂上都缀着不大的钻石。她怎么会这样懂明暗对比？带他来此处的人事先已告诉他，这楼里出入的女人你都别去问她根底：在哪儿工作？结婚了吗？丈夫是谁？你问也问不出实话。

女主人拉她打牌，她站起，坐下，那个又倔又温顺的样儿使他想起另一个女人。

是个女孩。一个好女孩。

女孩是不会像她这样得体地调笑的。年轻女人的手在牌上搓揉，嘴轻轻与人聊。有人聊到叫大江的男人，用蹩脚透顶的广东话。

“这种人，老子一垮，什么都完。他老子在床上躺了五年，植物人。就那也不舍得让他死。不死他还是某某的儿子，一死他就是已故某某的儿子。区别大了去！部队以他腿伤为理由让他转业了。在北京，当兵出身的谁要？穷得都要活不下去似的。这不，现在来这儿赶晚集来了。这地方江洋大盗早分了码头，谁认识你谁谁的儿子啊！再说人过去都被那些个谁谁欺负过，让你坐奔驰车，让你住小楼，到了这个码头，逮着了让我挤对一回你。挤不死你混去，挤死你活该！……”

“听说人家要做中国第一代现代化的军事家呢！”

牌桌上人笑了。年轻女人也笑，但笑的同时转脸去看那个叫大江的男人。

她看他向这边走。他见她对他笑，马上也笑了。

凌晨4点牌局才散。散时年轻女人看见叫大江的靠在屋角的沙发上睡着了。他一直在找机会跟她说话，一直在等她玩倦了回到沙发上去。她却一直坐在那儿玩呀玩，其间两人偶尔相顾一笑。

她从沙发上轻轻拿起自己的皮包，没有惊动他。走到门口，她回头又看他一眼，眼光很曲折，是真的曲折了。

图书在版编目（CIP）数据

霜降 /（美）严歌苓著. —成都：四川文艺出版社，2020.1

ISBN 978-7-5411-5501-7

Ⅰ.①霜… Ⅱ.①严… Ⅲ.①长篇小说—美国—现代 Ⅳ.①I712.45

中国版本图书馆CIP数据核字（2019）第288498号

著作权合同登记号：图进字21-2019-397

SHUANG JIANG

霜降

［美］严歌苓　著

出 品 人　张庆宁
策划出品　磨铁图书
责任编辑　朱　兰　蔡　曦
责任校对　汪　平

出版发行　四川文艺出版社（成都市槐树街2号）
网　　址　www.scwys.com
电　　话　028-86259287（发行部）　028-86259303（编辑部）
传　　真　028-86259306

邮购地址　成都市槐树街2号四川文艺出版社邮购部　610031
印　　刷　嘉业印刷（天津）有限公司
成品尺寸　145mm × 210mm　　开　　本　32开
印　　张　8.25　　字　　数　138千
版　　次　2020年1月第一版　　印　　次　2020年1月第一次印刷
印　　量　10000　　书　　号　ISBN 978-7-5411-5501-7
定　　价　45.00元